욕지거리

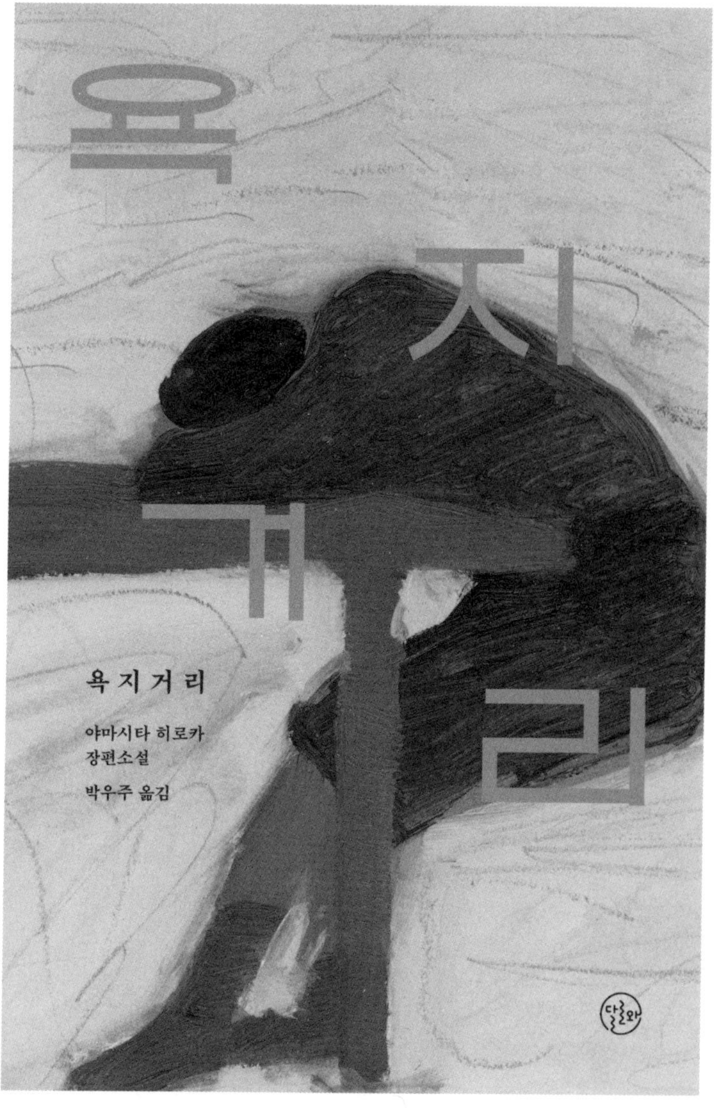
욕
지
거
리
욕지거리
야마시타 히로카
장편소설
박우주 옮김

일러두기

- 원서에서 저자는 할머니의 대사에 일본 야마나시 사투리를 섞어 썼다. 이 책에서는 우리나라의 특정 지역 사투리로 번역하는 대신 표준어로 옮겼다.
- 키이짱의 '짱'은 이름 뒤에 애칭처럼 붙이는 일본식 표현이다.
- 소설 속 나이는 원서를 따라 만 나이로 통일했다.

나는 평소 아쿠테에를 입에 달고 산다. '아쿠테에'는 악담, 욕지거리라는 뜻의 야마나시(일본 혼슈 중남부에 위치한 현—옮긴이) 사투리로, 가령 도쿄에서 나고 자란 내가 주위 사람들에게 "아쿠테에"라고 한들 대부분은 알아듣지 못할 것이다. 그럼에도 내게는 욕보다 아쿠테에라는 말이 더 익숙하다. 귀가 그 말을 더 먼저 기억했기 때문이다. 유년기에 키이짱이 CD로 틀어준 영어는 귀에 조금도 익지 않았으면서 어릴 적부터 같이 살아온 할망구가 쓰는, 사투리와 특유의 언어가 뒤섞인 상스럽고 촌스러운 말씨는 온몸으로 흡수해 어느새 내 일부가 되고 말았다.

친할머니를 부르는 '할망구'라는 호칭 또한 내 나름의 아쿠테에로, 할망구 앞에서는 '할머니'라고 부르면서 뒤에서는 '할망구'라고 모멸감을 담아 부르고 있다.

이제 막 구순 생일을 맞은 할망구는 다음 달 백내장 수술을 앞두고 있다. 요즘은 퇴근하고 집에 가보면 항상 그 이야기로 시끌시끌했다.

"글쎄, 나는 그런 거 안 해도 된다니까. 의사가 잘못 건드리면 어쩌려고 그러냐."

원체 커다란 할망구의 목소리와, 귀가 어두운 할망구를 위해 목청을 높여야만 하는 키이짱의 목소리는 언제나 이웃집 너머까지 메아리친다. 노후한 철골조 아파트의 얇은 벽은 옆방 목소리를 너끈히 통과시키는데, 맞은편 왼쪽 집은 귀가 어두운 노부부가 살고, 오른쪽 집은 독신 남성이 살아 집을 자주 비운다는 점이 그나마 다행이었다.

"밖까지 소리 다 들려. 이웃들한테 민폐잖아."

초인종을 누르지 않고 갖고 있던 열쇠로 문을 따고 들어가 거실을 향해 언짢은 투로 소리쳤다.

거실 카펫에 무릎을 꿇고, 소파를 차지하고 앉은 할망구의 얼굴을 올려다보며 힘겹게 설득 중이던 키이짱은 갈라진 목소리로 왔니? 하며 내 쪽을 돌아봤다.

"어머님이 수술받기가 싫으시대. 유메도 뭐라고 말 좀 해줄래?"

웃옷을 걸친 채 센터 직원과의 알림장이 든 쇼핑백을 배에 붙이듯 끌어안은 할망구와, 흐트러진 앞치마를 목에 건 피폐한 모습의 키이짱을 보고 한숨을 내쉬며 수도꼭지를 비틀었다. 또 집에 오기 무섭게 생떼를 부려댄 모양이었다. 실랑이는 저녁이라도 좀 먹고 나서 해줄 수 없나. 오늘처럼 앙탈을 부리며 온 가족을 끌어들이는 건 물론, 건망증이 심한 할망구는 주간보호센터에서 돌아온 직후 걸핏하면 가방 안에 칫솔이 없다는 둥 노트가 없다는 둥 법석을 떨어대기 시작한다. 별 대단한 일도 아니니 나중에 해도 될 것을, 키이짱은 그때마다 저녁 준비를 중단하고 할망구 곁으로 달려가 함께 찾아봐 준다. 나는 그때마다 신경질이 난다. 툭하면 물건을 잃어버리는 할망구에게도, 일일이 상대해주는 키이짱에게도.

할망구가 잃어버린 물건은 대개 옷 주머니 안에 들어 있거나 복도에 떨어져 있는 등 단순한 부주의에 지나지 않는데, 내가 그 점을 지적해도 할망구는 도통 인정할 생각을 안 한다.

"나는 이런 데 안 넣어둔다. 웬 심보 고약한 놈이 여기 넣은 게지."

제 잘못을 인정하지 않고 툭하면 남에게 책임을 전가하므로 괘씸하고도 황당해 말문이 막힌다. 더구나 온갖 난리는 다 쳐놓고 사태가 수습되고 나면 제일 먼저 식탁에 앉아 주눅 든 기색도 없이 밥을 먹어대기 시작한다. 그 꼴을 보고 있으면 화나 있는 나 자신이 어리석게 느껴진다. 언제나 할망구의 언행에 놀아나는 건 나와 키이짱이고, 진심으로 상대해줄수록 피곤해질 뿐이다.

제 물건을 잃어버리는 거면 모를까 어떤 때는 센터 이용자의 겉옷을 잘못 입고 오기도 하고 또 어떤 때는 센터의 색연필을 멋대로 들고 오기도 한다. 그렇게 가족 외에까지 피해를 끼치면 키이짱의 부담은 한층 가중된다. 센터 직원에게 전화해 상황을 보고하고 알림장에 오늘 일어난 일을 기록해야 한다. 저녁을 먹는 시간은 더더욱 늦어진다. 이제껏 가장 늦었던 건 할망구가 주간보호센터 두 곳을 요일별로 이용하던 때다.

집에 오자마자 할망구가 "직원 중에 나를 때리는 놈이 있다"라고 하소연했고, 그걸 곧이곧대로 믿은 키이짱은 평정심을 잃은 채 센터에 물어볼지 말지 전전긍긍하고 있었다.

"유메, 어떻게 하는 게 좋을까? 센터에 전화해서 물어볼 수는 있는데, 그것 때문에 어머님이 다니기 껄끄러워지시는 건 싫거든. 그렇다고 그냥 내버려 뒀다가 더 심한 짓을 당하시면 곤란하고."

키이짱은 스마트폰 검색창에 '주간보호센터 폭력', '주간보호센터 괴롭힘' 같은 단어를 쳐보며 걱정에 사로잡혔다. 그런 키이짱을 곁눈으로 보고 있던 나는 더없이 냉정했다.

"좀 더 지켜보지 그래? 할머니 말이 사실인지 아닌지도 의심스럽고."

"무슨 그런 말을……."

하는 수 없이 둘이 할망구에게 달라붙어 맞았을 때의 상황을 자세히 설명해보라고 다그쳤다. 그랬더니 대번에 거짓말이 들통났다.

"그렇지 참, 나는 맞은 게 아니고 잡아끌렸다. 어찌나 세게 끌어당기는지 아파 죽겠어. 힘줄 일도 아닌데 그 인간은 만날 그런다. 그래서 내가 호통을 쳐줬지, 사람 잡을 일 있냐! 하고. 그 인간, 아주 끔찍 놀라더라니까."

센터 직원은 할망구를 안내하기 위해 약간의 힘을 주어 할망구의 팔을 잡아당겼을 뿐이었다. 잡아끌린 것에 뿔이 난 할망구가 진실과 거짓을 짜깁기했을 뿐 폭력을 당했을 가능성은 없어 보였다. 할망구는 조금이라도 못마땅한 일이 있으면 이야기를 부풀리는 버릇이 있다. 키이짱도 양로원이나 주간보호센터에서 이용자가 직원에게 학대를 당했다는 뉴스를 듣고부터 예민해져 있기도 했던 터라 할망구가 하는 말을 곧이곧대로 믿어버리고 만 것이었다.

결국 키이짱은 할망구가 싫어하는 직원이 있는 센터의 이용을 해지하고, 주 4일을 남은 한 곳에만 보내기로 결정했다. 키이짱 딴에는 계약을 해지한 센터는 직원의 연락이 늦거나 송영 기사의 태도가 못 미덥곤 했던 모양인지 오히려 잘된 일이라고 스스로를 납득시켰다. 할망구는 본인이 자초한 일이면서 센터를 못 다니게 된 것에 불만을 토로하며 키이짱을 나무랐다.

"기껏 할멈 하나를 사귀어놨건만. 또 내 노래 실력이 좋다고들 칭찬해줘서, 요다음 사람들 앞에서 한 소절 불러주기로 약속도 했다고. 하여간 막무가내라니까."

손을 씻고, 회사용 물병에 남아 있던 차를 마시며 한숨을 돌리는 사이에도 키이짱은 할망구에게 수술 설득을 이어갔다.

"수술하려면 아직 멀었는데 나중에 해도 되잖아. 반찬 다 식어. 된장국도 다시 데우게?"

기다리다 못해 말참견을 했다. 오늘은 평소와는 사정이 다르기 때문이었다. 내일, 나와 키이짱은 여행을 앞두고 있었다. 하코네로 1박 2일 온천 여행. 당일 입고 갈 옷과 짐은 이미 다 꾸려두었지만 피곤에 지친 나머지 일찍 잠자리에 들고 싶었다.

내 날카로운 목소리는 귀가 어두운 할망구와, 요령이 없어 뭐든 대충 넘길 줄을 모르는 키이짱의 귀에는 닿지 않았다. 키이짱은 할망구 바로 옆에 무릎을 꿇고 앉아 커다란 목소리로 천천히 끊어 말하며 타이르고 있었다.

"어머님, 괜찮아요. 그렇게 어려운 수술 아니에요. 수술하면 아주 자아알 보인대요, 시력이 돌아온대요. 저랑 유메도 같이 갈 테니 걱정 마세요."

며칠 전, 안과 의사에게 수술을 할 거면 지금 해야 좋다는 말을 들은 것이었다. 사실 더 일찍 했어야 한다는 말도. 지금보다 더 나이 들면 치매에 걸리거나 수술 중 꼼짝 않고 있기가 힘들어지는 등 위험성이 높아지는 모양이었다. 지금 할망구의 눈은 레이스 커튼 너머로 세상을 보듯 부예져 있다고, 키이짱은 의사에게서 들은 이야길 토씨 하나 빠뜨리지 않고 내게 전달했다.

——수정체가 혼탁해져 있어서 이대로 두면 녹내장이 생기기 쉽대.

——어머님 귀는 어쩔 수 없지만, 적어도 눈은 잘 보

이게 해드리고 싶어. 시야가 흐리지 않고 깨끗하실 수 있게끔.

옛날에 키이짱은 눈이 무척 나빴는데, 라식 수술을 감행하면서 길고 길었던 콘택트렌즈 생활을 탈출했다. 수술이 잘되어 눈앞에 또렷한 세상이 펼쳐졌을 때는 감격스러웠다고 한다. 그런 경험이 있기에 할망구 역시 같은 체험을 했으면 하는 순수한 바람이 있는 것이다.

할망구는 미간 주름을 잡은 채, 귓전에 대고 수술 설득을 하는 키이짱에게서 성가시다는 듯 고개를 돌렸다. 할망구는 본인을 위해 큰 목소리로, 알기 쉽게 이야기하는 주위 사람들을 못마땅해한다. 귀가 어두운 게 사실이면서 '귀가 어두운' 취급받기를, '노인네' 취급받기를 싫어하는 것이다. 그 와중에 또 자기 욕하는 줄은 귀신같이 알아서, 어차피 들리지도 않겠다, 내가 키이짱에게 평소보다 좀 작은 목소리로 할망구 욕을 하고 있으면 "거짓부렁 마라! 나는 그런 사람 아니다!" 하며 거세게 항변한다. 그런가 하면 이웃집까지 들릴 법한 엄청난 성량으로 할망구에게 충고할 때는 "뭐라고? 나는 귀가 먹어서 안 들린다" 하고 천연덕스러운 표정으로 대꾸한다. 할망구 귀는 그야말로 코에 걸면 코걸이 귀에 걸면 귀걸이 식이다.

"수술하면 그것도 낫는대냐? 내 눈에 까맣고 쪼끄만 벌레가 보이는 거."

"그건……."

키이짱이 엉겁결에 머뭇거리자 할망구는 우쭐해져서 큰소리쳤다.

"낫지도 않는데 수술을 뭣 하러 해? 나한테는 까만 벌레가 보인단 말이다. 봐라, 지금도! 요쪽에도, 저쪽에도!"

새된 소리를 지르며 할망구는 주름진 손을 쫙 펴고 카펫 위를 기어 다니는 벌레를 때려잡는 시늉을 했다. 그 손은 카펫에서 셔츠 소매를 걷어 올린 키이짱의 흰 팔뚝으로 옮겨 가 벌레를 잡는 요령으로 두세 차례 후려쳤다. 민감한 키이짱의 살갗은 작은 자극에도 금세 벌게지고, 그걸 본 할망구의 분노는 더더욱 증폭된다.

할망구는 눈앞에 벌레가 날아다니는 듯한 비문증 증상을 핑계 삼아, 마뜩잖은 일이 있을 때마다 키이짱의 몸을 손바닥으로 때려대곤 한다. 때린다 한들 뼈가 약하고 힘이 없는 할망구의 폭력 따윈 귀여운 수준인지라 아프지도 간지럽지도 않다. 키이짱도 딱히 상대하질 않는다. 하지만 얻어맞고 기분 좋을 사람은 없다. 지금도 온순하기만 한 키이짱이 미간에 주름을 잡고 있었다. 반대로 나나 키이짱이 똑같은 짓을 했다가는 저항할 수 없는 노인을 학대하는 구도로 돌변하니 불합리하다는 생각이 든다. 할망구는 늘 본인의 '약함'을 이용해먹는다. 심보가 고약하다.

"아이고, 어찌나 끈질긴지 몰라. 너한텐 안 보이겠지마는. 서러워서 살겠나, 요상한 벌레가 내 눈에만 보인다니."

키이짱은 목에 건 노란 앞치마로 두 팔을 감췄다. 노란색을 좋아해서 키이짱(일본어로 노란색을 '키이로'라고 한다—옮긴이). 원래 이름은 사오리지만 키이짱. 엄마지만 키이짱. 마마, 엄마, 사오리짱 등 여러 호칭을 거쳐 '키이짱'에 이르렀다. 이 호칭이 다른 어떤 호칭보다도 입에 착 붙는다. 친구 같은 모녀란 말이 있는데, 어쩌면 나와 키이짱도 그에 가까울지 모른다. 부모에 대한 존경심이나 두려움 이전에 대등하다는 느낌이 더 강하다.

키이짱이 뒤를 돌아보더니 방 앞에 서서 상황을 살피고 있던 내게 도움을 청했다. 또 시작이네. 할망구에게 반격할 수 없는 상태일 때, 혹은 말귀를 못 알아듣는 할망구를 함께 설득해주길 바랄 때 키이짱은 꼭 내 얼굴을 쳐다본다. 달걀프라이 무늬가 들어간 앞치마는 조금 촌스러웠다. 요리하다 묻은 얼룩이 덕지덕지 져 있고 어깨끈은 꼬여 있었다. 전 남편에게 생일 선물로 받은 앞치마를 갈라서고 난 지금도 아무렇지 않게 착용하는 걸 보면 키이짱은 어딘가 좀 나사가 빠져 있는 사람임이 분명했다. 하지만 그렇기 때문에 눈앞에 있는 할망구와도 같이 살 수 있는 거라고, 나는 어처구니가 없으면서도 대단하다는 생각이 든다.

손질을 게을리하면 금세 덥수룩해지는 촌스러운 눈썹과 눈꼬리가 처진 까맣고 커다란 눈, 뭔갈 참고 있는 듯 앙다문 입술——. 이제는 곤혹스러운 저 표정이 키이짱의 얼굴 같았다. 며느리보다는 손녀가 더 편하게 말할 수야 있다지만 달갑지만은 않은 역할이었다.

"할머니, 겁나서 그래? 수술받기 무서워진 거지? 얼마 전까지만 해도 더 빨리 수술할 걸 그랬다면서 큰소리쳤잖아."

얄밉게 긁어대자 할망구의 눈빛이 싹 달라졌다. 할망구의 말을 빌리자면 '쪼끄맣고도 쪼끄만' 그녀의 눈이 새로운 표적을 응시하며 둔하게 빛났다. 앙증스럽고 자그마한 눈동자. 나이 들어 퀭해진 눈가 피부 탓인지 눈동자마저 그늘져 보였다.

그 쪼끄만 왼쪽 눈이 시뻘겋게 물든 건 얼마 전 일이었다.

"유메, 잠깐 와봐. 어머님 왼쪽 눈이 빨개."

키이짱은 센터에서 돌아온 할망구의 얼굴을 보자마자 불안한 목소릴 냈다. 손을 씻고 입을 헹구고 옷을 갈아입고 이제 막 식탁에 앉은 할망구는 기분이 좋아 보였다. 배운 지 얼마 안 된, 센터에서 뽐낼 노래를 작은 몸뚱이를 흔들며 흥얼거리고 있었다.

키이짱의 부름에, 나는 마지못해 할망구에게 다가가 얼굴을 들여다봤다. "어머님, 얼굴 좀 들어보실래요?"라며 키이짱이 할망구의 양어깨에 손을 얹어 고정했다. 턱이 쇄골에 닿을 것처럼 굽은 목 때문에 얼굴을 보는 데만도 애를 먹었다. 얼핏 보고도 "새빨개!" 하는 소리가 절로 났다. 흰자위 대부분이 치덕치덕 칠해진 듯 시뻘건 색으로 물들어 있었다.

"무서워라……."

식탁에 손을 짚고 뒤로 물러나며 중얼거리자, 할망구는 심각한 눈빛으로 "내 눈이 그렇게 뻘겋냐?" 하며 나와 키이짱의 얼굴을 번갈아 쳐다보았다.

"예, 어머님 눈 새빨개요. 엄청 빨개요. 아침에 센터 가실 때는 안 그랬는데……. 거울 가져올게요."

키이짱이 손거울을 가지러 간 사이 나와 할망구는 거실에 남겨졌다. 키이짱이 없는, 할망구와 단둘이 있는 시간이 거북해지기 시작한 건 언제부터였을까. 어릴 적부터 같이 살아온 만큼 귀여움받던 시절이나 어리광 피우던 시절도 있었을 텐데, 지금은 살이 스치기만 해도 거부감이 들고 일상적인 대화를 주고받을 때도 묘한 긴장감이 흐른다. 그러나 예외는 있다. 싫은 소리와 욕지거리, 빈정거림으로 응수하는 말다툼, 오직 그것만으로 우리의 의사소통은 성립된다. 거꾸로 말하면 싸우지 않고는 의사소통이 불가능한 것이다. 한창 치열한 설전을 벌이다 이따금 할망구를 한계치까지 깎아내리고픈 충동에 사로잡혀 속을 긁겠다고 욕설을 퍼부으면, 언제나 옆에서 키이짱이 나무란다.

"유메! 어머님 혈압 올라가시면 어쩌려고."

나는 못돼먹은 손녀인 걸까.

무슨 일을 계기로 나와 할망구가 서로 못 잡아먹어서 안달이 나 분위기가 험악해지건, 집안 내에서 실랑이가 벌어지건 심각한 문제로까지 이어진 적이 없는 이유는, 세 사람이 공통적으로 가진 기이한 명랑함이나 낙관성과 더불어 비둘기의 귀소 본능처럼 돌아가야 할 곳으로 돌아가려는 습성이 작용하고 있어서란 느낌을 지울 수 없다.

키이짱이 손거울을 들고 거실로 돌아왔고, 내 생각은 중단됐다.

"무지하게 빨갛구먼."

할망구도 그 시뻘건 색에 놀랐는지 거울을 유심히 들여다봤다.

안과 의사의 진단 결과, 눈 혈관이 파열된 결막하 출혈임을 알고 키이짱은 가슴을 쓸어내렸다. 노화로 인해 혈관이 약해진 탓이며 며칠 지나면 증상이 가라앉는다고 했다. 의사가 백내장 수술을 권유한 건 그다음이었다.

처방받은 점안액을 아침저녁으로 넣어도 좀체 붉은 기가 가시지 않는 눈을 굴리며 할망구가 나를 노려봤다. 내가 할망구에게 미움 살 소리를 하는 건 꼭 나를 위해서만이 아니다. 키이짱을 위해서기도 하다. 원체 다툼을 좋아하지 않는 온화한 성격 때문인지 키이짱은 할망구에게 늘 조심스럽다. 말대꾸 하나 없이 할망구가 하는 말을 곧이곧대로 받아들이는 탓에 저 혼자 상처받거나 스트레스를 쌓아두곤 한다. 그걸 막으려면 나도 그 상황에 끼어들어 할망구에게 반격하고 제재를 가해줘야만 한다. 하지만 말이 그럴 뿐이지 결국 내 감정이 격해지고 할망구는 흥분하고, 그걸 중재하는 키이짱에게 더한 부담을 주고 있는 것도 사실이었다.

아픈 데를 찔려 분해선지 할망구는 나를 노려본 채 "비아냥댈 줄만 알고. 애가 귀염성이 없어"라고 원망하듯 구시렁댔다. 매실장아찌처럼 세로 주름투성이인 입술을 오므라뜨리며. 그러더니 수술이 무서워서가 아니야, 하고 언성을 높였다.

“나는 어설피 건드리기가 싫을 뿐이다. 지금도 보이잖냐. 쓸데없이 비싼 돈 내서 누군지도 모르는 의사가 내 눈 깔짝대게 만들기 싫을 뿐이라고. 돈도 한두 푼 가지고 되냐. 누가 내는데? 유이치가? 지금 다니는 직장에서 얼마를 받는지는 몰라도, 고것이 해봐야 얼마나 되겠어. 처자식도 먹여 살려야 되는데.”

뼈와 가죽만 남은 듯한 깡마른 풍모, 눈에 띄게 저하된 청력에도 불구하고 할망구의 목소리는 나나 키이짱보다도 훨씬 기운차다. 젊었을 적 크고 탄력 있던 가슴은 어느덧 중력에 의해 축 늘어져 유두 끝이 뱃가죽에 닿을 지경이고, 바지춤에 가슴이 툭하면 말려들어 애고고, 소리를 지른다. 식사 중이건 언제건 한 치의 부끄럼도 없이 방귀를 뀌어대고 트림을 해대는 주제에 젊은 남자만 보면 눈을 번뜩인다. 목과 등은 굽은 데다, 한번 앉으면 일어서는 데 한 세월이 걸릴 만큼 근력이 쇠했는데도 식욕만큼은 영영 쇠할 줄을 모른다. 쇠하기는커녕 날이 갈수록 왕성해지는 모양이라 키이짱이 말리지 않으면 과자든 밥이든 한도 끝도 없이 집어삼킨다. 주위에서는 포만 중추가 망가진 탓이라는데, 꼭 그래서만은 아닐 거라고 나는 생각한다. 할망구에게는 먹는 행위가 삶과 직결돼 있는 것이다. 아마도 본능적으로.

"돈은 어머님이 걱정하실 거 없어요. 제가 어떻게든 마련할 테니까요."

웬일인지 키이짱이 의연한 태도로 답하자 할망구는 흥, 콧방귀를 뀌며 얼굴을 돌렸다. 바지춤에서 튀어나온 흰 고무줄을 손끝으로 만지작대며 "됐으니까, 실하고 바늘이나 냉큼 가져오거라" 하고 느닷없이 화제를 바꿨다. 뭐가 눈에 띄었다 하면 신경이 대번 쏠리고 마는 것이다. 키이짱은 고개를 가로저었다.

"못 드려요. 필요하면 제가 꿰맬 테니 말씀하세요."

"왜 못 주는데? 이거고 저거고 다 하지 말라니 원. 나도 조심하고 있으니 괜찮다."

"안 돼요. 바늘은 잃어버리면 위험하단 말이에요."

이미 수도 없이 되풀이한 대화를 할망구가 질리지도 않고 또 끄집어내기에, 그 착한 키이짱도 질린 기색으로 자리를 벗어나기 위해 엉덩이를 뗐다. 잃어버리므로 바늘은 주면 안 된다. 불이 나므로 부엌에 들어오게 해선 안 된다. 툭하면 걸려 넘어지므로 할망구의 동선에는 물건을 둬선 안 된다. 일상생활 속에서 몸에 밴 주의 사항을 나는 마음속으로 외웠다. 별 대수로운 일은 아니다. 대수로운 일은 아닌데, 상당히 성가시게 느껴진다. 할망구가 반발하기 때문이다. 워낙 바느질을 좋아했던 할망구는 몇 년 전부터 바늘을 다루는 게 엉성해지기 시작하다 끝내 잃어버리는 지경에 이르렀다. 보다 못한 키이짱이 반짇고리를 빼앗은 뒤로는 돌려달라고 사정하는 할망구와 단호히 거절하는 키이짱의 설전이 끊이지 않는다. 부엌 출입은 할망구가 냄비 바닥에 붙은 밀폐 용기 뚜껑을 못 보고 가스 불 위에 올렸다가 홀랑 다 태워먹은 사건이 있었기 때문이다. 키이짱과 내 눈을 교묘히 피해 냉장고 음식에 끊임없이 손대던 시기이기도 했다. 키이짱이 집에 없을 때 할망구가 부엌으로 가려는 낌새가 보이면 내가 필사적으로 가로막는다. 할망구는 내게 욕지거리를 한다. 나는 되받아친다. 아빠가 없게 되고부터 쭉, 나와 키이짱은 할망구와의 공방을 이어왔다.

정신이 들고 보니, 꼼짝 않고 서 있던 내 어깨에 키이짱이 손을 얹고 있었다. 저녁 먹자, 하며.

"얘기 끝났어?"라고 묻자 아무런 말 없이 요리가 담긴 그릇을 거실 식탁으로 나르기 시작했다. 나도 전기밥솥에 든 밥을 밥그릇에 퍼서 키이짱과 함께 식탁에 늘어놓았다. 식탁은 4인용이다. 겨울엔 고타쓰(나무 탁자에 이불이나 담요를 덮은 난방 기구—옮긴이)를 쓰던 시기도 있었는데, 할망구가 음식물을 흘려 금세 더러워지는 데다 식사 후 그대로 잠들어버리곤 하는 탓에 겨울에도 식탁에서 밥을 먹게 됐다. 할망구의 몸이 눈에 띄게 쇠약해진 요 1년 새, 나와 키이짱은 할망구에게 맞춤화된 방식으로 생활해왔다. 특히나 키이짱은 잠자는 시간, 일어나는 시간, 밥 먹는 시간, 아르바이트 시간 등 모든 생활 패턴을 할망구에게 맞춰 살고 있다. 이혼 전에는 아빠를 지극 정성으로 내조하며 아빠의 생활에 맞춰 살았다. 키이짱은 언제나 자기 시간을 다른 누군가에게 쓰며 살아간다.

아침에는 할망구를 깨워 옷을 갈아입히고, 아침밥을 먹이고, 데리러 온 센터 직원에게 보내고, 일이 끝나기 무섭게 단골 병원으로 약을 받으러 가고, 집에 와서는 할망구를 위해 저녁으로 저염식을 준비하고, 먹이고, 치우고, 잠을 재운다. 할망구가 제힘으로 할 수 있는 일은 먹고 자고 배설하는 것뿐이다. 그 인간은 남의 시간까지 잡아먹으며 살고 있다.

할망구가 느릿느릿 일어서더니 제 의자 등받이를 당겨 한발 먼저 자리에 앉았다. 그러곤 아무 일도 없었다는 양 "오늘 저녁은 뭐냐?" 하고 키이짱에게 물었다. 자라난 손톱으로 식탁을 거들먹거리듯 두들기며. 차를 내오라고 재촉하는 중임을 알아챘다. 나는 혀를 한 번 차고, 싱크대 수도꼭지를 비틀어 계량컵에 물 200밀리리터를 받은 뒤 전기 포트로 옮겼다. 물이 끓는 동안 할망구 전용 찻잔에 현미차 티백 하나를 넣었다. 넣은 다음에야 오늘 아침 마시던 차가 아직 남아 있는 걸 깨달았지만 버리지 않고 시치미 뗀 얼굴로 끓는 물을 부었다.

"오늘은 어머님 좋아하시는 고구마밥을 했어요."

그릇을 다 나른 키이짱도 자리에 앉아 할망구의 물음에 친절히 답했다. 키이짱은 어떤 경우에도 할망구를 무시하지 않는다. 성실하며 고지식하다. 뭐든 더 적당히 해도 될 일을 키이짱은 적당히 하는 법이 없다.

"고구마라. 나는 밤밥이 더 좋건만."

"밤밥은 손이 많이 가서 오래 걸리거든요. 다음에 해드릴게요."

"그래서 손 안 가는 고구마밥을 했다는 소리냐?"

"고구마도 좋아하시잖아요, 어머님."

할망구가 흥, 콧방귀를 뀌었다. 실제로 할망구는 고구마며 감자며 토란이며 구황 작물이란 구황 작물은 죄다 좋아한다.

"옛날에는 군것질거리랄 게 고구마뿐이 없었다. 지금은 맛있는 음식이 차고 넘치니 세상 참 좋아진 게지. 배곯던 시절을 생각하면, 유메처럼 쿠키고 쌀과자고 찔끔 먹다 남기고 뻔쩍하면 버려버리는 게 아까워 죽겠어. 언젠가 천벌 받는다.”

먼발치를 바라보며 옛날을 그리워하는 표정을 짓기에 방심했는데, 할망구의 이야기는 언제나 나를 향한 설교로 끝이 난다. 뭐라도 잔소리해야만 직성이 풀리는 것이다.

“내가 남기면 할머니가 먹잖아. 그냥 버리는 것도 아닌데.”

“거짓부렁은. 갖다 버리는 걸 내가 모를 줄 알고? 그런 짓 하다가는 천벌을 받을 게야.”

할망구의 언어는 노인네가 되면서 습득한 말에 사투리가 뒤섞인 데다, 90년을 살아오며 저 스스로 불필요하다고 판단한 접속사 등을 빼먹은 채로 얘기하므로 엉망진창이라고 보면 된다. 나는 할망구와 어릴 적부터 같이 살아서 웬만큼은 알아듣지만 남들은 거의 알아듣지 못한다.

꽁치 소금구이, 톳 조림, 달걀말이, 만간지 고추(일본 교토 마이즈루 시에서 개발한 고추의 품종—옮긴이) 가다랑어포 무침, 단호박 조림, 순무 절임.

할망구는 반찬 하나하나를 뜯어보며 검열했다. 이내 굽은 목에 앞치마를 두르더니 그제야 젓가락을 들었다.

고혈압이 있는 할망구를 배려해 키이짱이 저염으로 만든 반찬들은, 맛이 없는 건 아니지만 내게는 살짝 싱겁다.

"사오리, 고기는 없냐? 내 살가죽이 버석거리는 게 다 기름기가 없어서 아니냐. 기름기 말이다, 사오리. 나는 고기하고 튀김을 더 많이 먹어야 돼. 이런 소여물 같은 밥만 먹다가는 진짜로 코끼리 가죽이 될 판이야."

할망구는 씹던 음식물과 침을 사방으로 튀겨대며 말했다. 키이짱은 "다음에 해드릴게요"라고 받아넘기곤 밥을 입에 넣었다. 할망구가 반찬 투정을 하는 건 하루 이틀 일도 아니므로 상대하지 않는 편이 현명하다. 키이짱은 할망구의 몸을 생각해 염분을 줄이고 튀긴 음식을 자제하며 채소 위주의 식단을 궁리하고 있다. 그런 노력을 모르는 할망구는 이렇게 툭하면 트집을 잡는다. 그러나 할망구의 속마음과 입 밖으로 내는 말이 반드시 일치하는 것은 아니다. 맛있으면 맛있다고, 기쁘면 기쁘다고 솔직하게 말하지 않는 게 할망구란 인간이다.

아무튼 왕성한 식욕은 자제가 안 돼서, 위장의 허용량을 넘겨가면서까지 끝도 없이 먹어대므로 키이짱은 제지하기 위해 필사적이었다. 밥그릇에 흰밥이 고봉으로 담겨 있지 않으면 못마땅해하는 할망구를 속이고자, 평소 밑바닥이 높은 그릇을 써서 고봉밥으로 보이게끔 눈가림하고 있다.

할망구가 고추에 붙은 가다랑어포를 접시 위에 훌훌 털며 "나는 안 받으련다" 하고 아까 하던 수술 이야기를 또다시 들먹였다. 음식을 씹을 때마다 보드득보드득 불쾌한 소리를 내는 틀니 때문에 내 식욕은 항상 감퇴한다.

"그런 무시무시한 수술을 내가 뭣 하러 받냐. 안 해도 된다. 친한 할멈도 무시무시한 수술이라더라. 너희 둘이 작당해서 나를 속여먹으려는 게지?"

"속이다니요. 제가 어머님한테 거짓말한 적 있어요? 없잖아요."

"없기는 무슨, 네가 하는 말은 한 개도 맞는 게 없다. 거짓부렁이. 내가 믿을까 보냐."

"정말 그렇게 생각하세요?"

"그렇고말고."

"너무해요. 저는 어머님을 생각해서——."

"시끄럽다, 밥 좀 먹게 조용히 해라."

애기는 자기가 꺼내놓고 괜히 뻘쭘해지면 막무가내로 중단시킨다. 거짓부렁이라는 소릴 듣고 화가 난 모양인 키이짱은 울컥한 감정을 내비치며 반찬을 입으로 가져갔다. 그러면서도 할망구의 식사용 앞치마가 흘러내린 걸 보고는, 젓가락을 내려놓고 앙상히 굽은 목에 다시 둘러주었다. 오래 쓴 탓인지 점착력을 잃은 찍찍이가 걸핏하면 떨어진다. 키이짱은 새로 하나 사자고 말하면서도 할망구가 앞치마에 묘한 애착을 보이는 걸 알기에 쉽사리 구입하지 못하고 있다. 지금 쓰고 있는 앞치마는 하늘색 바탕에 목마가 그려진 디자인으로, 할망구에게 맞춰 기장이 긴 제품을 키이짱이 몇 년 전 인터넷 쇼핑몰로 구매했다.

"오늘 옆에 앉은 할멈이 어찌나 유세를 떨던지. 손에 이만치 커다란 다이아 반지를 끼고서는. 내가 그게 뭐냐고 물었더니 영감이 줬다지 뭐냐. 그 인간, 영감도 없으면서 말이야. 죽은 지 한참 됐걸랑."

할망구의 기분도 대화 주제도 헛웃음이 날 만큼 시시

각각으로 바뀐다. 갑자기 생각난 듯 센터에서 있었던 이야기를 시작했다.

"남편분께 예전에 받으신 거 아닐까요?"

키이짱이 버섯과 두부가 든 된장국을 젓가락으로 휘저으며 호응해줬다. 가열하면 된장의 효소가 손실된다는 말을 들은 키이짱이 된장을 맨 나중에 넣는 터라 잘 풀어지지 않는 것이었다.

반지가 어떻다는 둥 목걸이가 어떻다는 둥 옷이 화려하다는 둥, 할망구는 센터에서 본 다른 사람들 옷차림에 지대한 관심을 보인다.

키이짱의 말에 할망구는 눈을 부릅뜨더니,

"예전? 예전에는 나도 영감한테 받은 적 있지. 그 할멈 거보다 만 배는 더 큰 거였고. 집에 있을 건데 사오리, 어딨는지 모르냐? 반지 아니고도 나는 귀걸이고 목걸이고 수두룩하게 많거늘."

"같이 사시기 전 아니에요?"

키이짱은 반지가 있는 곳을 알지만 일부러 모른 체했다. 1년 전쯤 심부전으로 긴급히 입원했을 때, 간호사의 지시로 할망구는 그 장신구들을 빼야 했다. 목걸이는 빼기 쉬워도 사람 손가락에 꽉 끼인 반지를 빼기는 어렵다. 나와 키이짱이 돌아가며 몇 번을 시도해도 안 빠지기에 그만 포기하려던 찰나 가까스로 빠졌다. 할망구의 손가락에는 붉은 반지 자국이 짙게 남았고, 시간이 지나도 사라지지 않았다. 그 후 키이짱이 할망구를 구슬려 모든 장신구를 빼앗았는데, 할망구는 그 사실을 까맣게 잊어버리고 반지의 소재를 물어 오곤 한다. 그때마다 키이짱은 얼버무릴 수밖에 없었다.

“아니다. 야마나시에서 도쿄로 올 적에 내가 다 가지고 있었걸랑. 어디 있냐? 사오리, 설마 네가 슬쩍한 건 아니지?”

“무슨 말씀이세요, 슬쩍하긴요. 어머님 물건을 제가 보관하고 있을 뿐이에요.

“슬쩍한 거 맞구먼. 냉큼 내놓지 못해?”

“안 돼요. 못 드려요. 언제 또 입원하실지 모르는데.”

키이짱은 반지를 빼느라 애먹었던 일이 엄청난 트라우마로 남았는지 할망구에게 단호히 말했다.

"나는 괜찮다. 여간해서는 안 쓰러진대도. 그렇게 노인네 취급만 해대니 몸이 허약해지지. 입원 안 한 지도 한참 됐잖냐. 너는 걱정이 많아서 탈이야."

"연세가 있으시잖아요. 무슨 일이 생길지 모르는 거죠."

할망구의 반격을 담담히 받아넘기며 키이짱은 제 밥도 먹는 둥 마는 둥 할망구가 먹을 꽁치 소금구이의 잔가시를 젓가락으로 발라주고 있었다. 할망구가 키이짱이 발라준 생선 살에 간장을 부으려 했고, 그걸 알아챈 내가 즉시 손으로 막았다. 고혈압이 있는 할망구는 염분 섭취를 줄여야 하므로 조미료 조절은 키이짱과 내가 맡고 있다.

"내 반지 가지고 쩨쩨하게 굴기는. 됐다, 나중에 유이치한테 말해서 새로 사달라고 하련다."

실랑이 끝에 할망구의 입에서 '유이치'라는 단어가 튀어나온 순간 키이짱은 꿀 먹은 벙어리가 됐다. 할망구도 토라진 양 입을 다물었다. 불륜 끝에 집을 나가 새살림을 차린 전 남편의 이름 따위 듣고 싶지도 않을 테지만, 할망구는 키이짱 앞에서 아들 이름을 당당히 내뱉는다. 내 아빠는 약삭빠른 인간이라 할망구 앞에서는 알랑방귀를 뀌며 자상한 말을 해대고, 실현할 마음 없는 얘기도 아무렇지 않게 하므로 멍청한 할망구는 금방 속아 넘어가곤 한다.

키이짱과 이혼하기 전, 아빠는 틈만 나면 할망구와 여행 계획을 세웠는데 실현된 적은 결국 단 한 번도 없었다.

"엄마, 이번에 내가 여행 보내줄게. 우리 가족 다 같이 가는 거야. 가끔은 느긋하게 온천욕도 즐기고 맛있는 것도 먹고 그러자."

"여행 말이냐, 가고는 싶은데 내가 요새 쪼금만 걸어도 힘이 들어서 원. 그래도 가고 싶구먼그래. 우리 집 욕조는 좁아터져서 다리도 편하게 못 뻗잖냐."

"차 타고 갈 거라 괜찮아."

"너는 일하느라 피곤한데 고생할 거 없다. 운전은 사오리 시키면 되지. 어차피 걔는 평소에 머리 쓰는 일은 안 하고 살잖냐."

"안 되지, 사오리는 면허가 없는데. 엄마도 알잖아. 나 그렇게 안 힘드니까 괜찮아. 엄마 가고 싶은 데 생각해놔."

등신 같은 아들놈. 답도 없는 꼴통 아들! 한데, 등신 같아서 더 예쁘지 뭐냐. 당시를 떠올리며 나는 할망구의 말투를 흉내 내 속으로 악담했다. 내 속을 꿰뚫어 본 듯 입 주변에 밥풀을 묻힌 할망구가 곁눈질로 쏘아봤다. 나이 들면서 몸 이곳저곳이 둔해져도 직감만은 날카로워지는 모양이다. 나는 할망구의 시선을 피해 시치미 뗀 얼굴로 반찬을 집어 먹었다.

"어머님, 여기요. 단호박 하나 더 드세요."

키이짱이 기분이 언짢은 할망구를 신경 써 자기 먹을 단호박 조림을 접시에 놔주었다. 할망구는 흥, 콧방귀를 뀌더니 젓가락으로 단호박을 집어 입으로 가져갔다. 젓가락질이 서툴러 금세 접시 위에 떨궜다. 떨어진 충격으로 뭉개진 노란 단호박이 흰 접시를 더럽혔다. 할망구는 그걸 젓가락으로 찔러 으깨곤 천천히 입으로 가져갔다. 단호박을 다 먹고 나서는 찻잔에 남아 있던 차를 텅 빈 밥그릇에 붓더니 젓가락으로 몇 번 휘저어 후루룩 마셔대기 시작했다. 그릇에 붙은 밥풀 하나 남기지 않으려는 할망구의 식사법인데, 내겐 그 꼴이 상스럽기 그지없었다. 전에 찬그릇을 들어 올려 혀로 핥아 먹었을 때는 보다 못한 키이짱이 황급히 제지하기도 했다.

"왜 안 되는데? 그릇에 쪼금이라도 남으면 아깝잖냐. 먹을 거 남겼다가는 천벌 받는다."

할망구는 제 행위를 정당화하는 능력이 남보다 갑절은 뛰어나므로 듣다 보면 내가 이상한 건가 하는 의구심마저 든다.

"예전에는 안 그러셨는데."

단둘이 있으면, 눈에 띄게 무례해진 시어머니에게 키이짱도 질린 기색으로 불만을 터뜨린다.

"어떻게 접시를 핥을 수가 있어, 개도 아니고. 추잡하고 상스러워."

나는 욕을 퍼부었다.

"유메, 말조심하렴. 왜 그러실까, 나이 들면 이성을 잃게 되는 건지."

"다 그렇게 되는 건 아냐. 할머니는 특히 더 심해."

나로서는 예절이나 예의의 문제가 아닌, 이성보다도 욕구가 앞서는 듯한 느낌이 무서운 것이었다. 인간의 본질을 보고 있는 것만 같아서.

"할머니, 그렇게 먹는 거 진짜 더러워."

평소라면 못 본 체하는 할망구의 행위가 오늘따라 몹시도 짜증스러웠다. 나는 젓가락질을 멈추고 할망구에게 들리도록 큰소리쳤다. 안 들리는 건지 무시하는 건지, 할망구는 내 말에 반응이 없었다.

"더럽다고!"

"유메, 어머님이 안 들리셔서 그래. 엄마가 얘기할 테니 걱정 마."

키이짱이 나 대신 할망구의 귓전에 얼굴을 가져가 타일렀다. 할망구가 안 들려, 말하자 똑같은 말을 한층 더 큰 목소리로 되뇌었다.

어머님, 유메가 싫어해요. 밥그릇에, 차 부으시지 말래요——.

귀가 어두우니 '어쩔 수 없다'는 생각은 들지 않는다. 문제는 남이 하는 말을 '듣는' 자세다.

1년 전쯤, 센터에서 돌아온 할망구가 오려낸 신문의 보청기 광고를 가리키며 "나도 이런 걸 끼는 게 어떻겠냐?" 하고 키이짱에게 졸라댔다.

"친한 할멈도 귀에 끼니 잘 들린다더라. 나도 이런 거

끼면 쪼금은 잘 들리지 않겠냐? 자꾸자꾸 안 되물어도 되고, 너나 시설 사람이나 크게 지껄일 거 없고."

이게 하고 싶다, 그게 보고 싶다, 저게 먹고 싶다, 저기 가고 싶다. 할망구는 자기주장이 무척 강하다. 신문이나 TV 같은 데서 본 것, 주간보호센터의 '친한 할멈'이 가진 것을 금세 탐낸다.

보청기가 고가이기도 하니 별생각 없을 줄 알았는데, 얼마 후 키이짱은 보청기에 대한 여러 정보를 수집하더니 구입을 진지하게 검토하기 시작했다.

"보청기, 할머니한테 진짜 사주려고?"

"어머님이 잘 들리실 수 있다면 해드리고 싶어. 그럼 남들하고 대화하는 것도 지금보다 훨씬 즐거워지실 테니."

내 엄마지만 이보다 더 무지렁이일 수가 없다. 할망구가 보청기를 제대로 사용할 수 있을 리가 없지 않은가. 한밤중 옆방 불빛이 새어들 때 쓰라고 준 안대를 잠자리에 누운 지 30초 만에 벗어던지는 인간이다. 주먹 하나는 들어갈 만큼 입을 쩍 벌리고 자기에, 목이 건조할까 봐 씌운 마스크도 어김없이 벗어버린다. 몸에 뭔갈 차는 등 금방 익숙해질 만한 사소한 위화감에도 적응을 못 하는 것이다. 얼마쯤 안 들리는 정도가 딱 좋다, 라는 게 할망구의 귀에 대한 내 견해다. 할망구가 일반적인 청력을 되찾아 이런저런 말을 모조리 주워들을 수 있게 되면 무서워서 살 수가 없을 것이다.

내가 불안하거나 말거나 키이짱은 보청기 구입을 위한 수순을 착착 밟아나갔다. 이비인후과에 데려가 청각 장애 4급 판정을 받고, 구(區)의 지원금 제도를 이용해 보청기를 구입했다. 그러나 몇 번을 끼워줘도 할망구는 "안 들려" 하고 투덜대기만 했다.

"껴도 왕왕거리기만 하지 또렷하게 안 들린다."

그 후에도 몇 번인가 시도했지만 "안 들려"로 일관할 뿐이었고, 결국은 저 스스로 보청기를 빼게 됐다.

저녁 식사 후 할망구의 눈에 안과에서 처방받은 점안액을 넣고 잠자리에 누인 키이짱은, 부엌에서 뒷정리를 하고 있던 내 곁으로 다가와 접시를 닦기 시작했다.

"어머님, 이제야 잠드셨어."

"또 색칠놀이 했어?"

"응. 좀 이르지만 센터에서 크리스마스트리 그림을 받아오셨거든. 그걸 열심히 칠하느라 어찌나 안 주무시던지."

"하는 짓이 거의 어린애나 마찬가지네. 색칠놀이에 종이접기에, 간식 먹고 인형 가지고 놀고 노래 부르고."

"나이 들면 어린애가 된다더니. 그래도 되도록이면 그런 놀이를 시키는 게 좋대. 머리를 쓸수록 치매 예방이 되잖아. 요새는 점잇기에도 푹 빠져서 아주 정신이 없으셔."

"선으로 숫자 연결하는 그거?"

"응. 그거 한다고 자를 달래서 드리는데, 매번 어디다 잃어버리셔."

나는 설거지한 식기들을 엎어 놓고 큼지막한 철제 프라이팬의 손잡이를 들어 싱크대에 내려놓았다.

"유메, 오늘도 늦게까지 할 거니?"

"그럴 리가, 내일 여행 가는데. 아침 일찍 일어나야 하고, 피곤해서 빨리 자게."

키이짱의 질문에, 프라이팬에 눌어붙은 찌든 때를 뜨거운 물의 압력과 철 수세미로 닦아내며 대답했다. 철은 기름을 먹여야 사용이 편해지니 설거지할 때 중성 세제를 쓰지 말라는 키이짱의 분부대로 수세미와 뜨거운 물로만 진득하게 때를 벗긴다. 식사와 함께 철분 섭취가 가능하다며 키이짱이 반년 전쯤 새로 산 철제 프라이팬은, 기름을 둘러도 재료가 자꾸만 눌어붙어 설거지하기도 고생스럽다. 달걀프라이는 십중팔구 타버려서 실패한다. 할망구의 철분 부족을 보충하기 위해 키이짱이 구입한 거고 기름으로 길들이면 다루기 쉬워진다지만, 전에 사용하던, 관리하기 편하고 눌어붙는 일이 없던 세라믹 프라이팬을 생각할 때마다 나는 허탈해지곤 한다.

"그나저나, 8월에 보낸 건 발표가 언제야?"

질문을 받고, 순간 무슨 이야기인지 알아채지 못했다.

내가 대답을 못 하고 있자 "그 왜, 문학상에 응모한 거"라고 이어 말했다. 키이짱에게 듣기 전까지 까맣게 잊고 있었다. 대형 출판사가 주최하는 문학상에 원고를 보낸 건 이번이 세 번째인데, 두 번 다 1차 심사조차 통과하지 못했다. 첫 번째 때는 심사 결과가 실리는 문예지를 확인하러 서점으로 갔다. 예선 통과자가 게재된 페이지를 펼쳐 응모한 제목과 필명을 찾았지만 보이지 않았고, 그런데도 지면을 쳐다보고 있으면 언젠가는 내 이름이 떠오를 것만 같아 오래도록 쳐다보고 있었다. 그 후에도 단념이 되지 않아 온갖 가능성을 생각했다. 내 소설을 출판사가 제대로 받아보지 못한 걸 수도 있다. 혹은 수많은 소설들 속에 파묻혀 분실이 되는 바람에 누구의 눈에도 띄지 못한 걸 수도 있다. 그렇게 이러니저러니 생각하고 고민하고 있기가 싫어서, 두 번째 응모부터는 생각을 의식적으로 안 하려 했다. 보낸 소설도, 보이지 않는 심사 과정도, 발표 시기도. 결과를 기다리는 행위는 항상 기대를 내포하고 있다. 오랜 시간에 거쳐 부푼 기대가 무너져버렸을 때의 낙담은 여간 큰 것이 아니므로, 집필 중인 소설에도 영향을 끼친다. 나는 소설가가 되고 싶었다. 소설가가 되고 싶었지만, 소설가가 되기 위한 소설을 쓰고 싶지는 않았다. 두 번째 탈락으로 나는 다시 출발점으로 되돌아온 느낌을 받았다. 이제부터 또다시, 꾸준히 주사위를 굴려 한 발 한 발 나아가는 일상이 시작되리라 생각하니 우울한 마음이 고개를 쳐들었다. 나는 조바심이 났다. 줄곧 초조했다. 지금 눈앞에 있는 이 현실은 내 인생이 아니라고 생각했다. 이건 가짜 혹은 한때의 삶이고 진짜 인생은 앞으로 찾아올 거라고. 나는 소설가가 되고 싶었다. 소설가가 된 그 순간부터 내 인생은 시작되는 거라고, 나는 그 순간 새로 태어나는 거라고 절실히 믿고 있었다.

"……발표, 이제 곧 나려나."

"기대된다, 합격 발표."

"합격은 무슨…… 입시도 아니고."

무심코 웃으며 지적했다. 행주로 접시를 닦던 키이짱은 의아한 얼굴을 했다.

"만약 통과하면 축하 파티 하자. 할머니도 기뻐하실 거야."

"그 인간이 기뻐할 리가 없지. 애당초 내 꿈을 우습게 보는걸."

이야기 도중 할망구 이름이 나오면 그 즉시 말에 가시가 돋친다. 지금 같은 소설 얘기도 내가 먼저 말하는 거면 모를까 키이짱이 꺼내면 대답하기 꺼려진다. 꿈을 응원해주는 건 고맙지만 이야길 들어주기보다는 그냥 내버려 뒀으면 싶다. 관심을 가지거나 파고들기 시작하면 되레 거북하다. 그러나 그 청개구리 심보를 키이짱 앞에서는 잘 드러낼 수 없었다.

“발표는 어떻게 나? 직접 연락이 오니?”

내 심정 따위 알 리가 없는 키이짱은 해맑은 질문을 던져 왔다.

“아니, 예선 통과하면 문예지에 이름이 실려.”

“원래 그런 거야?”

“응.”

“뭔가 좀 불친절하다. 탈락 연락 정도는 해주지.”

나는 대답하지 않았다. 설거지를 끝낸 프라이팬을 가스레인지 위에 올려놓고 불을 켜서 달구었다. 물기는 쉽게 증발하지 않았다. 조그만 물방울이 소리를 내며 표면을 굴러다녔다. 키이짱은 또다시 말을 이었다.

“유메는 어릴 때부터 글솜씨가 좋았잖아. 분명 금방 소설가가 될 수 있을 거야.”

키이짱의 말을 어설프게 웃으며 받아넘겼다. 내년이면 성인이 되는 딸을 키이짱은 맹목적으로 칭찬한다. 뭐가 됐건 전적으로 긍정해준다. 키이짱 안의 나는 여전히 어린애이기만 한 것이다. 어린 내가 품은 순진무구한 꿈은 어느덧 키이짱의 희망이 되었다. 키이짱의 희망은, 내게 무거운 짐이었다.

내가 고등학생일 때 이혼한 일에 키이짱은 지금도 책임감을 느끼고 있을지 모른다. 내가 중학생일 때 아빠는 불륜으로 생긴 아이를 인지하고 있었고, 고등학교 재학 중 키이짱과 갈라서서 그 애 엄마와 재혼했다. 키이짱은 아빠에게 위자료를 청구하지 않았다. 나는 받아내야 한다고 길길이 날뛰었다. 받을 수 있는 만큼 다 받아내야 한다고 호소했다. 키이짱이 받을 생각조차 없으리란 건 처음부터 알고 있었다. 알고 있었지만, 주장해야 할 일을 주장하지 않고는 내 속이 풀리지 않았다. 아빠를 험담하고, 부모가 이혼하고 나서도 같이 생활하게 된 할망구에게 욕지거리를 퍼부었다. 그렇게라도 안 하면 내 몸이, 뜻대로 되지 않는 상황에 대한 분노로 좀먹어갈 것만 같았다.

소설가를 꿈꾸게 된 계기는 키이짱이었다. 철이 들 무렵 집에는 책이 셀 수 없이 많았고, 소설은 책장에 채 들어가지 않아 복도 구석이나 방 안에까지 빼곡히 들어차 있었다. 전부 키이짱이 모은 것이었다. 책을 좋아하게 된 것은 필연이었다. 책을 잘 읽지 않는 아빠는 자식을 바깥 놀이를 좋아하는 활발한 애로 키우고 싶어 했고, 육아적인 면에서 키이짱과 종종 충돌하곤 했다. 할망구는 할망구대로 예술과는 거리가 멀고 교양도 없었으므로, 입만 열면 "여자는 시집만 잘 가면 된다. 유메한테도 괜찮은 손녀사위가 있으면 좋으련만" 하고 고지식한 주장을 강요했다. 제 이상론만 떠들어대면 모를까 내가 작가를 꿈꾼다는 걸 알고는 "네까짓 게 그런다고 작가가 되겠냐"라며 정면으로 부정했다. 집 컴퓨터의 키보드를 두드리고 있으면 "아직도 그 짓거리냐. 땡전 한 푼 못 버는 짓 좀 그만해라" 하고 옆에서 훼방을 놓았다.

"어머님, 또 그러신다. 전도유망한 작가님한테 그렇게 말씀하시면 안 되죠. 유메가 번 인세로 저희를 먹여 살려줄지도 모르는데."

키이짱이 거들어주는 말은 현실을 들이미는 것만 같아 나를 더욱 비참하게 만들었다.

“꿈같은 소리 집어치워라.”

할망구가 깔보듯 웃었다. 할망구는 제 아들 이외의 인간을 긍정하는 일이 없다. 부정하고, 욕지거리만 해대며 살아온 것이다.

유메, 하고 키이짱이 부르는 목소리에 정신이 들었다. 키이짱은 내가 설거지한 그릇을 전부 닦아 찬장에 넣은 뒤 배수구에 쌓인 음식물 쓰레기로 손을 뻗고 있었다.

“왜?”

“시간 있을 때, 할머니한테 반지 하나 만들어드릴래? 비즈로 만든 반지. 전에도 만들어드렸잖아. 할머니가 그때 되게 좋아하셨어. 센터에서도 자랑하셨대, 손녀가 만들어줬다고. 어머님 속마음은, 꼭 다이아 반지가 아니더라도 뭔갈 끼고 싶으셔서 그런 것 같아. 유메가 만들어주면 기뻐하시잖아. 어때?”

시간 되면, 하고 퉁명스레 답했다. 키이짱 말대로 전에 만들어줬을 때 할망구가 좋아라 끼고 있었던 걸 기억한다. 빼고 싶지 않다며 낀 채로 목욕하다, 반지가 끊어지는 바람에 사방으로 흩어진 비즈들이 배수구로 흘러가 버린 일도.

키이짱은 만족스레 웃으며 음식물 쓰레기를 쓰레기봉투에 담아 공기를 빼낸 뒤 입구를 꽉 묶었다. 그런 다음 며칠 새 쌓인 상당한 양의 기저귀를 전용 수거 봉투에 집어넣었다. 강한 암모니아 냄새에 나도 모르게 코를 틀어막았다. 아침에는 키이짱도 나도 바빠서 밤중에 쓰레기를 버리러 간다. 먼저 현관 밖으로 나간 키이짱이 춥다고 하기에 외투를 걸치고 허둥지둥 밖으로 나왔다. 찬바람이 눈에 스몄다. 키이짱이 음식물 쓰레기 봉투를 들고 내가 기저귀 봉투를 들었다. 할망구는 밤중에만도 한 시간 간격으로 볼일을 봐서 기저귀를 수시로 갈아야 한다. 오줌을 흡수한 며칠 치의 기저귀는 무겁지 않은 날이 없다.

쓰레기를 버리고, 씻기 전에 일단 내 방으로 돌아왔는데 욕실 쪽에서 쾅 소리가 들려왔다. 심상치 않은 소리에 머리보다 몸이 먼저 움직였다. 다른 방에 있던 키이짱과 현장으로 달려간 건 거의 동시였다.

"어머님……!"

화장실 입구에 할망구가 쓰러져 있었다. 화장실에 가려고 방에서 나와 볼일을 보려던 때 쓰러졌는지 바지도 기저귀도 발목까지 내려가 있었다. 깡마른 다리와 훤히 드러난 음부가 살풍경했다. 몸이 옴찍옴찍 경련을 일으키듯 움직였고, 눈의 초점은 맞지 않았다. 키이짱이 가까이 다가가 말을 걸어도 혀가 꼬부라져 대답을 못 했다. 화장실 바닥과 세면대 부근은 대변이며 토사물로 흥건해 차마 눈 뜨고 볼 수 없는 참상이었고, 바닥에 세게 부딪친 충격으로 이마 가장자리에서 피가 나고 있었다.

"어떡해…… 어쩜 좋아."

말을 걸어도 대답도 제대로 못 하는 할망구의 모습을 보고 키이짱은 쭈그려 앉은 채 울먹이는 얼굴로 나를 올려다봤다. 울먹이는 키이짱의 얼굴이 충격으로 굳어 있던 내 몸을 움직이게 했다.

"……일단은 구급차 불러야지."

토사물로 범벅된 할망구의 옷은 무거웠고 지독한 냄새

가 코를 자극했다. 내가 거실에서 가져온 히터로 할망구의 얼어붙은 몸을 덥히는 동안 스마트폰으로 구급차를 부른 키이짱이 돌아와 둘이 함께 사타구니며 무릎에 묻은 토사물과 대변을 닦아냈다.

"어머님, 어머님……!"

키이짱이 귓전에 대고 다시 한번 불러보았다. 할망구의 몸은 여전히 희미하게 떨리고 있었지만 의식은 점차 돌아오는 중이었다.

"사오리…… 내가 왜 이러는 거냐, 몸이 자꾸 떨린다."

할망구가 뻗은 뼈만 앙상한 손가락을 키이짱이 왼손으로 꼭 감싸 쥐고 오른손으로 팔 언저리를 열심히 쓰다듬었다. 이마의 상처에서 흐른 피가, 나이에 비해 흰머리가 적은 머리카락 사이에서 굳어가고 있었다. 할망구의 경련이 멎자 키이짱은 물 적신 티슈로 머리카락에 묻은 혈액을 살며시 닦아나갔다.

전화한 지 5분 정도 지나자 구급대원 두 명이 들것을 들고 도착했다. 어떻게 된 일인지 묻기에 아직 동요하고 있는 키이짱 대신 내가 침착하게 설명했다. 이내 들것에 실려 구급차로 이동하는 할망구를 따라 키이짱과 나도 동승했다.

구급차 안에서 키이짱이 할망구의 머리에 난 혹을 발견했다.

"아까는 몰랐는데, 시간이 지나면서 부어오른 건가……."

구급차에 타자마자 배터리가 다 된 듯 눈을 감은 채, 말을 걸어도 아무 반응이 없게 된 할망구를 내려다보며 키이짱은 또다시 울상을 지었다. 그 울먹이는 얼굴을 보며, 나는 내일 둘이 함께 가기로 한 여행을 생각했다. 지금 같은 위급 상황에서 할 생각은 아니었다. 여행을 생각하는 것 자체가 경솔한 짓인지도 몰랐다. 그럼에도 울려 퍼지는 사이렌 소리, 무전을 통해 난무하는 목소리와 잡음이 귀에 익어가기 시작하자 내 사고는 지금 필요하지 않은 생각에 이르렀다.

하코네에서 1박 2일 온천 여행. 키이짱은 몇 년 만에 가는 여행이었고 나 역시 키이짱과 단둘이 하는 외박은 오랜만이었다. 큰맘 먹고 노천탕이 딸린 비싼 다다미방을 예약했고, 키이짱은 할망구가 다니는 주간보호센터의 숙박 이용 신청을 마쳤고, 나는 유급 휴가를 받아 짐도 다 꾸려놓았다. 여관에서 주는 저녁 메뉴를 체크하고 여행지에서 살 선물 리스트를 정리하던 바로 그때였다. 타이밍이 이렇게 안 좋을 수가. 심부전으로 입원했을 때도 고열이 나거나 얼굴이 붓는 등의 전조 증상이 있었고 오늘처럼 갑작스럽게 쓰러진 적은 없었다. 왜 하필 여행 전날 쓰러지고 난리인지. 생각하면 할수록 짜증이 치밀어 나는 생각하길 관두었다. 좀 더 시답잖은, 쓸데없는 생각을 하기로 했다. 이를테면 남자 생각. 며칠 전 연인 와타루와 그의 회사 선배하고 식사 자리를 가진 일. 식당을 나와 그들이 와타루의 집에서 술을 먹기 시작하자 언제나처럼 음담패설이 쏟아져 나왔고, 나는 난감해하면서도 어정쩡히 받아주던 장면을 떠올렸다.

"얘, 동기들 중에서 거기가 제일 크다는 소문이 있던데 실제론 어때?"

"그건 또 무슨 말이에요."

웃으며 받아넘기자 "아니, 코가 크면 거기도 크다는 얘기가 있어서 그런 소문이 퍼졌거든" 하고 그는 이어 말했다.

“저, 작아요”라고 와타루가 옆에서 끼어들었다.

“누가 너한테 물었냐? 유메 씨한테 물은 거지. 어때? 지금까지 만나온 남자들이랑 비교하면.”

생각만 해도 시답잖아서 맥이 다 빠지는 대화를 재생하니 짜증이 점차 가라앉았다. 할망구가 이 이야길 옆에서 들었으면 분명 “시시껄렁하기는” 하고 핀잔을 주었을 것이다. 시시껄렁한 소리 집어치워라. 소위 음담패설을 들으면 할망구는 항상 그렇게 웃어넘긴다.

“죄송해요, 근처에 수용 가능한 병원이 없어서요.”

차에 탄 지 10분쯤 지났을까. 조수석에 앉은 구급대원이 돌아보며 머리를 숙였다. 구급대원이 처음 전화한 단골 병원에서 수용을 거부했고, 그 후 가까운 병원에 닥치는 대로 연락했지만 어느 곳도 받아주지 않았다. 얼마 전 생각 없이 보던 의학 드라마에 마침 이런 장면이 있었지. 나는 이상하리만치 냉철한 머리로 생각했다. 구급대원의 전화를 받은 의사가 수용을 거부하는데, 얼마 후 자신이 거절한 환자가 지병을 앓고 있는 제 여동생이었음을 깨

닫고 후회하는 내용이었다.

“저기, 조금 멀리 있는 병원이어도 괜찮을까요?”

또 한 군데 거절당한 구급대원이 뒤돌아 내 눈을 쳐다보며 물었다. 병원과 가장 가까운 역 이름을 말했는데 듣도 보도 못한 역이었다. 혼자 결정할 수 없어 키이짱 쪽을 쳐다보았다. “괜찮아요”라고 키이짱이 쉰 목소리로 대답했다. 입원하게 되면 통원이 힘들겠다 생각하며, 눈을 뜬 채 또다시 몸을 떨기 시작한 할망구를 내려다봤다. 할망구의 푸른색을 넘어 보라색 정맥이 드러난 주름진 팔을 키이짱이 쓰다듬고 있었다. 그 팔에는 오늘 생겼는지 아니면 훨씬 전부터 있었는지 모를 얼룩덜룩하고 검붉은 멍이 여기저기 들어 있었다. 나이 들면 혈관이 약해져서 사소한 충격에도 내출혈을 일으키기 쉽다. 표가 나므로, 할망구는 제 몸에 생긴 멍을 발견할 때마다 “멍이 또 들었구먼” 하고 그 부위를 가리키며 의아한 듯 내뱉는다. 통증이 있냐고 물으면 “안 아프다”라고 답한다. 통증은 없고, 짚이는 구석도 없는데 자국만이 남아 있다. 내일이 되면 할망구는 오늘 느낀 통증도, 쓰러진 일도, 키이짱과 내가 보살펴준 일도, 분명 그 어떤 것도 기억하지 못할 것이다.

조수석에 앉은 구급대원이 또다시 뒤돌아보며, 마침내 수용 가능한 병원을 찾았다고 전했다.

할망구의 대변과 토사물로 참상이 벌어진 화장실을 키이짱과 분담해 청소했다. 새벽 한 시. 할망구가 쓰러진 게 아홉 시쯤이었는데 구급차 안에서 한 시간, 병원에 도착해서는 의사의 대응이 늦어 한 시간 반 정도를 또 기다렸다. 나나 키이짱이나 심야에 진료하는 병원을 찾기는 처음이었다. 낮 동안과는 다른 어수선함이 있었다. 접수처에 옹기종기 모여 있는 간호사들은 환자들 눈에도 개의치 않고 재잘재잘 떠들어대는 중이었고, 복도에서 마주친 의사들은 부산스럽고 살벌한 느낌을 자아내는지라 같은 병원 안인데도 극과 극의 분위기였다. 대기실에 앉아 마냥 기다리고만 있느라 다리가 다 저렸다. 접수처에 얼마나 더 걸릴지 물어보니 "모르겠네요. 조금 기다리세요"라는 쌀쌀맞은 대답이 돌아왔다. 그 후에도 접수처에서는 요란한 웃음소리가 끊이질 않았고, 몸도 마음도 저릿해진 나는 한계에 다다를 것만 같았다. 인터넷으로 예약한 여행 사이트에 접속해 취소 절차를 밟았다. 화장실에 다녀오고 마실 것을 사 오는 등 앉았다 일어나기를 반복하는 내 옆에서, 키이짱은 대기실 소파 등받이에 몸을 기댄 채 바윗덩어리처럼 꼼짝 않고 있었다.

"전날이라 취소 수수료가 든대."

내가 굳어 있는 키이짱에게 그렇게 말한 건 딱히 취소 수수료를 달라는 목적이 아니라 그저 여행 이야기를 나누고 싶어서였다. 못 가게 돼서 아쉬운 마음을 공유하고 싶었을 뿐이다. 그뿐이었다.

"미안하지만, 나중에 줄 테니 일단 대신 내줄래?"

키이짱은 미동도 없이 대답했고, 그 이상 아무 말도 하지 않았다. 스마트폰을 보니 와타루에게서 LINE(일본에서 주로 사용하는 메신저 앱—옮긴이) 메시지가 세 통 와 있었다.

——내일 어머니랑 온천 여행 가지? 재밌게 놀다 와!

——그나저나 크리스마스이브 말인데, 저녁은 중식,

양식, 일식 중에 뭐가 좋아?

——내 생각엔 양식이 좋겠지 싶은데. 크리스마스 느낌도 나고!

와타루와는 크리스마스이브 날 요코하마 호텔에서 하룻밤을 묵기로 약속했다. 처음에는 간사이로 여행을 가자는 이야기도 나왔는데 내가 거절했다. 12월은 둘 다 일이 바쁘고, 키이짱과의 하코네 여행도 있었으므로 멀리 나가고 싶지는 않았기 때문이다. 식사만 하는 게 어떻겠냐 제안했지만 와타루는 도내 근교라도 좋으니 하룻밤을 같이 보내길 고집했다.

"여자친구 없는 크리스마스 밤은 최악이지. 나도 바쁜 와중에 시간 내는 거라고."

야근과 휴일 출근이 잦은 부동산업이라 연휴를 내기 어려운 그는 선배에게 사정사정해 크리스마스이브인 주말만 유급 휴가를 받았단다. 숙박할 호텔 방은 이미 와타루가 예약해뒀고, 24일에는 거리로 나가 쇼핑을 하다 저녁은 호텔 안에 있는 레스토랑에서 먹기로 돼 있었다.

——지금 병원이야. 할머니가 쓰러졌거든.

——정신이 좀 없어서, 저녁 메뉴는 와타루한테 맡길게. 정리되면 또 LINE 할게.

스마트폰에 글자를 입력해 전송했다. 꼬박 머리 숙인 펭귄 같은 동물 이모티콘도 뒤이어 터치했다. 집을 나올 때 이미 50퍼센트였던 스마트폰 배터리가 이제 10퍼센트도 남지 않았다. 한숨이 새어 나왔다. 온몸에서 차츰 힘이 빠져나갔다.

"짱을 뽑았네."

왜 갑자기 키이짱에게 그런 말을 내뱉은 건지 스스로도 알 수 없었다. 찬 바닥에 무릎을 꿇은 채 편의점 비닐봉지를 낀 오른손으로 할망구의 토사물을 그러모으며, 불현듯 뭐라 형언할 수 없는 공허함에 사로잡힌 탓인지도 몰랐다. 원래라면 귀가 어두운 할망구를 앞에 두고 욕지거리를 하고 있었을 것이다. 하지만 지금 여기 할망구가 없기에, 화풀이할 심산으로 키이짱의 인생을 조롱했다. 어느 때건 상냥한 키이짱을 책망해보고 싶어졌다. 키이짱의 인생을 조롱하는 건 내 인생을 조롱하는 것이나 다

름없었다. 냉정하게 생각해보면 알 수 있는 사실이었다.

바람피우고 애까지 가져서 집 나간 남자와 결혼한 것만 해도 꽝인데, 그 남자의 엄마를 갈라서고 난 지금까지 부양하고 앉았으니 꽝도 이런 꽝이 없다. 바닥을 훔치며 투덜거렸다.

"할머니한테는 감사한 마음이야. ……정말 감사하지."

키이짱은 바닥 닦던 손을 멈추고 나지막이 말했다. 결코 강한 어조는 아니었지만, 나는 그 이상 아무 대꾸도 할 수 없었다.

일찍이 할망구가 어린 나를 돌봐주었던 것에 대해 키이짱은 엄청난 마음의 빚을 지고 있다. 하지만 나는 모른다. 알 턱이 없다. 나는 겉으로 드러난 사실밖에 모른다. 지금밖에 모른다. 모르기에, 지금 이 현실에 불만을 늘어놓을 수밖에 없다. 어릴 적 내가 소아 천식으로 고생했던 일도, 날 간병하기 위해 맞벌이하던 엄마 아빠 대신 할망구가 고향 야마나시를 떠나온 일도, 그 지방에서 태어나 인생의 절반 이상을 보낸 사람이 고향을 떠나온다는 것, 그 각오, 고충을 나는 이해할 수 없다.

걸레를 쥔 키이짱은 내가 손을 멈춘 후에도 줄곧, 집요하리만치 몇 번이고, 바닥이 새하얘질 때까지 자꾸자꾸 닦고 있었다.

청소를 끝내고, 샤워 후 이불 속으로 들어갈 즘에는 엄청난 피로감을 느끼고 있었다. 키이짱은 내일 아침 일찍 할망구가 갈아입을 옷을 들고 병원으로 간다고 했다.

"유메는 더 자도 돼. 어차피 여행도 못 가게 됐으니 집에서 푹 쉬어."

나는 아무 말 않고 내 방으로 갔다. 할망구가 쓰러져 헐레벌떡 뛰쳐나갈 때 구겨진 전기장판의 주름을 펴고, 여행에 들고 가려던 보스턴백을 발로 차 방구석에 밀어 놓고, 경쾌한 소리로 와타루의 LINE 메시지를 알리는 스마트폰을 부드러운 담요 위로 내던졌다. 지친 몸이 차디찬 이불 속으로 들러붙듯 가라앉았다. 몸의 방향을 틀어 전기담요 스위치를 눌렀다. 발끝으로 담요와 이불을 끌어오다 굴러간 스마트폰을, 퍼뜩 생각난 듯 충전기에 연결했다. 배터리가 1퍼센트였던 스마트폰이 순식간에 10퍼센트로 되살아났다. 스마트폰 잠금을 해제하지 않고 화면에 뜬 새 메시지를 읽었다.

——괜찮아? 걱정이네. 내가 도울 일 있으면 언제든 얘기해.

——저녁은 이탈리안 식당으로 예약하려 했는데 예약이 이미 다 찼더라고. 예약되는 데는 일식집뿐인데, 괜찮아?

——그리고 호텔 방 말인데, 내가 알아서 정해도 돼? 링크 보내놓을 테니 일단 한번 확인해봐.

잠이 쏟아지는 와중에도 메시지 내용이 경박하기 그지없다는 생각이 들었다. 몇 시간 동안 내가 어떤 고생을 했는지 똑똑히 알려주고 싶어져 음성통화 아이콘을 눌렀다가 관두었다. 경박하게 느껴지는 건 단순히 얼굴이 안 보여서일 수 있다고 생각을 고쳐먹은 것이었다.

벌써 2년 가까이 사용 중인 스마트폰은 요즘 배터리 상태가 좋지 못하다. 가득 충전해도 잔여량이 순식간에 절반 이하로 떨어진다. 느닷없이 전원이 꺼질 때도 있다. 전에 쓰던 스마트폰도 그랬는데, 대략 2년 정도 쓰고 나면

수명을 다한다. 2년 전까지만 해도 팔팔해서, 아침마다 부리나케 일어나 강변 산책을 나가거나 멀리 떨어진 마트까지 장을 보러 가곤 했던 할망구도 요 1년 새 몰라보게 쇠약해졌다. 고열이 나고 몸이 떨린다는 할망구를 키이짱이 병원에 데려갔다가 심부전 진단을 받았고, 증상이 겨우 가라앉는가 싶더니 이번엔 또 어깨가 아프다는 할망구를 데리고 정형외과를 찾아야 했다. 주간보호센터에서 무좀을 옮아온 할망구를 위해 매일 밤 석 달 가까이 발가락 사이에 피부과 크림을 발라줬으며, 무좀이 낫고 나서는 안과에서 처방받은 안약을 혼자 넣지 못하는 할망구를 대신해 꼬박꼬박 넣어주고 있다. 할망구를 위해 동분서주하는 키이짱을 나는 그저 옆에서 지켜보기만 할 뿐이다.

지금의 할망구는 이제 지팡이 없이는 밖을 나가지 못하고 지팡이를 짚더라도 5분 이상 걸으면 체력이 버텨주질 않는다. 나와 키이짱은 물론 누가 봐도 비틀비틀 위태롭고 불안정한 걸음걸이인데, 할망구만은 자기가 꼿꼿이 걷는 줄로 착각하고 있다. 누구의 도움 없이 제 다리로,

본인이 가고 싶은 곳으로 자유롭게 갈 수 있다고 할망구만은 굳게 믿고 있다.

입원한 병원에서 응급 처치를 받은 후, 정밀 검사를 위해 대학 병원으로 옮기게 됐다. 옮긴 병원에서 다양한 검사를 실시한 결과 급성 쓸개관염을 진단받았다. 그 사실을 키이짱에게 전해 들은 내가 생소한 병명에 당황해하고 있자 "엄마도 잘은 모르지만" 하고 운을 떼더니 인터넷으로 검색한 쓸개관의 그림을 보여주며 설명해줬다.

"십이지장에 생긴 게실이라는 구멍 때문에, 쓸개관이 좁아져서 쓸개즙이 역류한 거래. 할머니 연세에 수술은 어렵다는데, 내시경으로 스텐트를 삽입하면 쓸개관이 막히는 걸 방지할 수 있대."

키이짱이 구태여 인쇄까지 해서 보여준 그림을, 온순한 표정으로 뚫어져라 쳐다봤다. 쓸개즙이 흐르는 길고 가느다란 관이 우리 몸에서 그렇게나 중요한 역할을 맡고 있구나. 실감은 잘 안 났지만 나는 별다른 말 없이 맞장구를 쳤다.

옮긴 병원에서 할망구의 입원 생활이 시작됐다. 쉬는

날 키이짱과 함께 찾은 병실에서 할망구는 여전히 욕지거리만 해댔다. 입원하고 이틀 사흘은 극도로 쇠약해져 있었는데, 지금은 언제 그랬냐는 듯 병실 침대 높이를 불평하고 같은 병실 환자의 험담을 늘어놓았다. 그중 제일은 밥을 주지 않는 것에 대한 불만이었다.

"뱃가죽이 등에 붙게 생겼다."

식사 대신 수액으로 영양을 공급하고 있다고 키이짱이 여러 번 설명해도 할망구에게는 통하지 않았다.

"내 인생의 유일한 낙이 먹는 것이건마는, 따분해 죽겠어."

"건강해지시면 맛있는 밥 드실 수 있어요."

6인 병실에서, 키이짱이 귀가 어두운 할망구에게 소리쳤다. 할망구는 오른쪽 귀보다 비교적 왼쪽 귀가 잘 들리는 모양이라 키이짱은 항상 할망구의 왼편에 대고 목청을 높인다.

"나는 인제 말짱해. 팔팔하단 말이다!"

할망구가 더 큰 목소리로 대꾸했을 때, 옆 침대에 면회를 와 있던 가족 중 한 사람이 열린 커튼 틈 사이로 이쪽을 흘끗 들여다봤다.

"좀 조용히 말해."

민폐 끼치거나 호기심 어린 눈초리를 받는 게 싫어서 나는 커튼을 잡아당겨 빈틈없이 닫고는 둘에게 쓴소리했다. 할망구는 어쩐지 웃고 있었다. 내가 할망구의 목소리를 신경 쓰며 주위를 둘러볼 때면 할망구는 늘 그렇게 은근한 웃음을 띤다. 나는 아니꼬웠지만 아무 말도 하지 않았다.

어릴 적 나는 할망구와 같이 엘리베이터나 전철을 타고 외출하는 게 지독히도 싫었다. 사람 많은 엘리베이터에서건 전철에서건 남들 눈 신경 쓰지 않고 쩌렁쩌렁한 목소리로 떠들어대기 때문이었다. 내가 모르는 사람인 척하면 "유메, 듣고 있냐? 하여간 애가 어리벙벙해서는" 하고 더 크게 소리쳤다.

"할머니, 목소리가 너무 커. 창피하니까 좀 작게 말해."

"왜 그래야 되는데? 얘는 숫기도 없고 소심해서 원. 누굴 닮았는지."

목소리는 무지막지하게 큰 데다 순 시골 사투리까지

쓰므로 나는 얼굴이 화끈거릴 만큼 창피했다. 내가 어릴 때 시골에서 상경한 할망구는 몇 년이 지나도 사투리가 고쳐지지 않았다. 자는 척을 하거나 할망구의 관심이 전철 안 광고로 향하도록 안간힘을 쓰곤 했다. 할망구와 전철을 탄 것도 벌써 오래전 일이다.

"다 가고 나면 할 일도 없으니 테레비나 볼까. 사오리, 테레비 카드 좀 사 오거라. 오늘이 일요일이니까 '쇼텐(1966년부터 매주 일요일 저녁 방영 중인 일본의 예능 프로그램—옮긴이)'하고 '마루코는 아홉살'이나 보련다."

할망구가 말하는 도중 밖에서 목소리가 들려왔고, 키이짱이 황급히 커튼을 젖혔다. "드릴 말씀이 있는데요"라며 얼굴을 내민 젊은 간호사의 부름에 키이짱 혼자 병실 밖으로 나갔다. 할망구는 고개를 기울여 창밖으로 시선을 던졌다. 한낮의 햇살이 눈부신지 실눈을 뜨며, "유이치는 병문안 안 온대냐" 하고 툭 내뱉었다.

집으로 가기 전, 동의서 서명과 갖가지 수속을 위해 병원을 찾아온 아빠와 이야기를 나눴다.

"왜 이렇게 늦게 와! 이미 검사 시작해서 얼굴도 못 본다고."

1층 로비 장의자에 앉아 있던 아빠를 보자마자 윽박질렀다. 아빠는 사전에 전달한 시간까지 병실에 오지 않았다.

"미안, 미안, 의사 선생님한테 설명 듣느라고 늦었어."

아빠가 변명하는 동안 키이짱은 우리와 멀찍이 떨어진 위치에 불편한 기색으로 서 있었다. 얼굴을 마주치고 싶지 않은 것이리라. 휠체어 미는 간호사가 눈앞을 스쳐 가자, 반걸음 더 뒤로 물러나더니 "먼저 가 있을게"라며 입구 쪽을 가리켰다. 나는 작게 끄덕였다.

"엄마는 좀 어때?"

오른쪽으로 옮겨 앉은 아빠 옆에 약간의 거리를 두고 걸터앉았다.

"밥을 못 먹어서 불평하더라고. 뱃가죽이 등에 붙겠다며."

"멀쩡하네. 그렇다면야 걱정할 필요 없겠군."

태평하게 웃는 아빠에게 나는 몹시도 화가 났다. 오늘만 그런 게 아니라 아빠의 웃는 얼굴은 언제고 나를 불쾌하게 만든다. 누군가의 웃음이 괴롭게 느껴진다면 그 관계는 이미 파탄이 난 것일지도 모른다.

"할머니 쓰러진 날, 난리도 아니었어. 소리가 어마어마했다고. 사람 쓰러지는 소리가 그렇게 큰 줄 처음 알았어."

"미안하다, 내가 가까이 있었으면 병원까지 태워다 줬을 텐데."

어처구니없는 발언에 나는 순간 대꾸할 말을 잃었다.

"뭐래, 태워다 줄 생각도 없으면서. 토하고 지리고 위아래로 난리지, 이마는 찢어져서 피 나지, 상태가 여간 심각한 게 아니었다니까?"

"저녁에 뭐 잘못 먹인 거 아냐?"

"뭐?"

미간을 좁히며 곁눈으로 쏘아보자 아빠는 내게서 눈을 피하더니 또 한 번 웃었다.

"농담이야. 엄마 영양 관리는 사오리가 알아서 잘해주고 있잖아."

아빠는 무신경했다. 예전부터 무신경했다. 그러나 본

인은 그런 줄을 모르고 있다.

"뭐가 그렇게 잘났는데? 할머니가 고혈압이라 우리 집 음식은 다 싱거워. 할머니한테 맞추느라 싱겁다고. 간장이고 폰즈(감귤류 과즙에 간장, 다시 등을 섞은 일본 조미료—옮긴이)고 마요네즈고 할머니가 많이 못 뿌리게 우리가 감시해야 해. 심부전 진단받고부터는 물도 많이 마시면 안 돼서, 매 끼니마다 차를 얼마나 마시는지까지 신경 쓰고 있어. ……아빠는 왜 맨날 당연하다는 표정인데? 이게 뭐가 당연한데? 당연한 거 아니야. 나랑 키이짱이 할머니랑 같이 사는 것도, 할머니 뒷바라지하는 것도 안 당연하다고. 이건 비정상이야. 아빠는 자기 부모 내팽개치고 태평하게 사는 주제에 왜 우리만 개고생인데?"

한번 불붙으니 피가 거꾸로 솟아 멈출 수 없었다. 아빠 옆에 앉은, 지팡이를 든 중년 여성이 나직한 목소리로 욕하는 내 쪽을 흘끔 쳐다봤다. 무심코 시선을 떨어뜨렸다가 지팡이에 달린 원숭이 키홀더와 눈이 마주쳤다. 아빠는 무릎 위로 손깍지를 낀 채 고개를 숙이고 있었다. 이혼한 뒤로는 부채감을 느끼는지, 내가 어떤 폭언을 퍼붓건

화를 내지 않는다. 그저 시간이 지나가길 잠자코 기다린다. 부모의 설교를 견디는 어린애 같았다. 나는 히스테릭한 부모 같았다.

아빠는 "화장실 좀" 하며 도망치듯 자리를 떴다. 몇 분 후 다시 돌아온 아빠의 발걸음은 경쾌했다. 무마하려는 듯한 밝은 목소리로,

"유메, 점심은 먹었어? 배고프지? 뭐 좀 먹고 갈까?"

병원 주변에 적당한 가게가 없어서 차를 타고 단골 찻집으로 이동했다.

메뉴를 보지 않고 주문을 마쳤다. 가져다준 찬물을 마시고 말없이 앉아 있자 아빠가 아들 코우키 이야기를 시작했다. 지금 축구 교실을 다니고 있단다. 나이 먹고 얻은 자식이어선지 표정에서건 말에서건 아들 바보다운 면모가 드러났다.

"나도 옛날에 축구 선수가 되고 싶었거든."

"흠, 처음 듣는 얘긴데."

"축구를 시작한 동기는 불순했지만 말야. 축구 잘하면

여자애들한테 인기 많잖아."

"그런가?"

"그렇지, 축구나 야구 같은 거. 적어도 우리 때는 그랬어. 그래서 코우키한테도 축구를 시킨 거야."

나이프와 포크로 팬케이크를 자르며 나는 무심한 맞장구를 반복했다. 접시에는 예전 그대로의, 아무런 취향도 담기지 않은 적당한 두께의 팬케이크가 두 장 겹쳐져 있었다. 녹은 버터와 메이플 시럽이 스며들어 흐물흐물해진 부분은 달고 짭짤해서 맛있지만, 먹다 보면 속이 느글거린다. 아침으로 키이짱이 일하는 빵집에서 싸 온 헤비한 소자이빵(크로켓, 샐러드 등의 부식이 토핑된 일본의 빵 종류—옮긴이)을 먹고 온지라 배는 그렇게 안 고팠는데, 아빠가 먹으라고 먹으라고 끈질기게 보채기에 대충 주문했다. 오늘만이 아니라 아빠는 간간이 할망구의 생활비를 전달할 겸 차나 식사를 같이하자고 나를 불러낸다. 요즘은 서로 바빠 돈을 계좌로 송금받기만 했었고, 이렇게 얼굴을 맞대고 이야기하기는 오랜만이었다. 아빠는 찻집에 올 때마다, 배가 안 고프다는 내게 먹기를 강요하는 원치 않는 호의를 베푼다. 내가 먹는 모습을 보면 만족스러운 것이다. 마치 아빠로서의 의무를 다하고 있다는 양. 본인은 아이스커피만 시키거나, 간혹 핫 샌드위치를 주문하더라도 딱 한 조각 먹고 나서 나머지를 접시째 내주곤 한다.

위장에 소자이빵을 두 개나 담고 온 오늘은 중량감이 좀 있는, 따뜻하고 부드러운 이불 같은 밀가루 덩어리가 묵직하게 느껴졌다. 메뉴에 융 드립식이라고 적혀 있는 커피는 진하고 맛있었다. 다만 센 카페인이 체질에 안 맞는지 몇 번인가 설사를 한 적은 있다. 아빠는 여름이나 겨울이나 아이스커피를 시킨다. 아빠는 시종일관 코우키 이야기를 하고 있었다. 이 추운 날, 코우키는 강변에서 백 텀블링 연습에 매진하고 있단다.

"웬 백 텀블링? 축구도 아니고."

"나도 모르겠는데, 걔가 지금 그거에 푹 빠졌어. 물론 축구 연습도 하고. 유튜브인지 뭔지에서 백 텀블링을 하는 청년의 멋있는 영상을 봤나 봐. 그때부터 자기도 하겠다고 나선 거야. 여러 장소에서 촬영한 영상을 하나로 연결하고 싶대. 나도 쉬는 날마다 강제로 동원되고 있어."

"애쓴다."

어이없다는 듯 중얼대곤 커피에 크림을 넣어 홀짝였다.

"코우키 녀석, 괜찮으려나. 오늘 얇게 입고 나갔는데."

아빠는 불안한 기색으로 테이블 위에 둔 스마트폰으로 시선을 떨어뜨리더니 손때 묻은 화면을 집게손가락으로 밀어댔다. 가게에 들어오고부터 내내 그랬다.

"아직 연락 없어? 보러 가든지, 난 상관없으니까."

아직 3분의 1도 먹지 않은 팬케이크를 나이프로 자르며 말했다. 내 말에 가시가 있음을 느꼈는지 아빠는 "됐어, 괜찮아, 걔가 어린애도 아니고" 하며 스마트폰을 닫고 한쪽 엉덩이를 들어 바지 주머니에 쑤셔 넣었다. 나는 아빠가 이토록 자식을 끔찍이 아끼는 부모였다는 걸, 그가 집을 나간 뒤에야 비로소 깨달았다.

"어린애지, 일곱 살인데."

"벌써 초등학교 2학년이야. 진짜 쪼그맸는데. 유메도 그렇고, 애들 크는 건 순식간이네."

감회가 깊은 듯 중얼대더니 테이블에 팔꿈치를 괴고

빨대 소리를 내며 커피를 빨아올렸다. 할망구의 가정교육이 잘못됐는지 아빠는 몸에 예절이 배어 있지 않다. 앉을 때도 다리를 쩍쩍 벌리고, 먹고 마실 때도 테이블에 팔꿈치를 괸다. 딸 앞에서도 음담패설을 아무렇지 않게 내뱉는 데다 상대방이 불쾌해하든 말든 관심도 없다.

아빠와 키이짱은 사귀기 시작하자마자 키이짱이 혼자 살던 세 평짜리 단칸방에 아빠가 붙어사는 꼴로 동거를 시작했다. 띠동갑이 넘는 나이 차이에, 좋은 환경에서 자라난 키이짱과는 정반대인 아빠. 그런 인간이 대체 어디가 좋았던 건지 의문스럽기만 하다. 둘 다 중학교 선생님인, 견실하고 고지식한 키이짱의 부모님은 혼전 동거를 반대했고, 둘은 함께 사는 사실을 숨긴 채 몇 년을 지내왔다고 한다.

"제일 힘들었던 건, 집에 사오리네 부모님이 오실 때였어. 미리 연락이라도 해주면 좋은데 불쑥 찾아오기도 했거든."

"안 들켰어?"

"운 좋게도. 흔적 없애느라 애 좀 먹었지. 담뱃불에 탄 다다미를 숨기겠다고 온갖 짓을 다 했어."

"이미 들키고도 남았겠는데. 담배는 냄새도 남잖아. 결혼도 그래서 반대한 거 아냐?"

둘의 결혼은 말하자면 사랑의 도피나 다름없었단다. 키이짱의 부모님은 아빠를 첫 만남 때부터 좋게 보지 않았고, 키이짱이 혼전 임신한 사실이 결정타가 되어 부모님과의 사이가 틀어졌다. 키이짱이 부모님 말을 듣고 아빠와 헤어져 중절을 감행했다면 내가 이 세상에 태어나는 일은 없었을 것이다. 이혼한 지금도 키이짱은 부모님에게 연락을 하지 않는다. 이따금 집으로 엽서가 온다. 그 고운 글씨로, 사진으로밖에 본 적 없는 외할머니의 얼굴을 떠올리며 나는 키이짱과 외할머니의 핏줄을 실감한다.

할망구는 전쟁 전 궁핍한 집안에서 태어났다. 의무 교육도 제대로 못 받은 탓인지 제 글씨에 콤플렉스를 가지고 있어 남들 앞에서는 글씨 쓰기를 꺼린다. 저도 모르게 손이 떨리는 모양이다. 어쩔 수 없이 글씨를 써야만 하는 상황에서도 손이 아프다고 핑계 대며 회피하기 일쑤다. 글씨를 잘 쓰는 키이짱은 할망구의 이름을 대신 적어주곤 한다.

"나는 꼬부랑글자인데, 얘는 누굴 닮아서 이리 달필인지 몰라."

그러면 할망구는 옆에서 아프지도 않은 손을 감싸 쥔 채 남들에게 키이짱 글씨를 칭찬한다.

——뭐든 다 해줘 버릇하면 할머니한테도 안 좋아.

전에 한번 키이짱에게 그렇게 충고한 적이 있다. 실제로 키이짱은 할망구를 위해서라면 물불 안 가리고 뭐든 해주려 든다. 할망구는 늙었다는 걸 이용해먹고 있다. 늙었다는 것에 의존하고 있다. 늙었기 때문에 할 수 있는 일과 할 수 없는 일의 구분이 모호하다는 걸 핑계로 키이짱에게 과한 응석을 부리고 있다. 할 수 있는데도 안 하는 건 그저 응석일 뿐이다. 그러나 내가 아무리 말해도 키이짱은 할망구의 부탁이라면 마다할 줄을 모른다. 아빠가 몰염치한 이유로 이혼 서류를 내밀었을 때도 키이짱은 군말 없이 받아들였다.

——걔는 의지박약이야. 자기 의견이란 게 없어.

아빠가 키이짱을 그렇게 비난할 때마다 나는 속으로

반론했다. 키이짱은 책임감이 강할 뿐이라고. 아빠가 불륜을 저지른 것도 제 탓, 이혼 서류를 내민 것도 제 탓으로 여기고 있다. 외할머니가 엽서를 보내와도 답장하지 않는 건 자신이 부모 말을 거스르고 아빠와의 결혼을 밀어붙인 과거가 있기 때문이다. 키이짱은 짊어진 것들을 내려놓는 방법을 모르며, 한번 오르기 시작한 산을 중도 하산하는 법이 없다.

아빠의 시선이 느껴져 나는 버터의 유분이 들러붙은 포크와 나이프를 접시에 내려놓았다.

"왜 쳐다봐? 먹기 불편하게."

"아니, 유메도 많이 컸구나, 아가씨가 다 됐구나 싶어서 감회에 젖어 있었어. 넌 누굴 닮아서 예쁜 거냐? 나나 사오리하곤 딴판인데. 그래도 애교는 좀 있는 편이 낫겠다, 그렇게 뚱한 표정으로 먹지 말고. 여자는 자고로 애교 많은 게 장땡이야. 아무리 예뻐도 애교 없으면 남자들이 안 꼬여. 사오리도 그저 그런 얼굴에 납작 가슴이지만 까르륵까르륵 잘 웃고 엉덩이가 커서 좋았지. 아, 엄마한테는 이런 소리 하지 마라, 화낼 테니까."

"역겨우니까 그런 소리 좀 하지 마. 그놈의 애교, 애교. 겉모습이 다인 줄 아나."

"야, 야, 너무 째려보진 마라. 눈 무서운 것 좀 봐. 그런 표정 지으니 엄마하고 똑같네. 귀엽고 쪼그맣던 유메는 어디 가고. 엊그제만 해도 나랑 목욕도 같이 했는데. 신기하다면서 내 고추 만지고 놀았잖아."

"시끄러워, 내가 언제 그랬다고."

아빠 앞에서 악다구니를 쓰며, 팬케이크가 담긴 접시를 아빠가 마시다 만 커피잔에 처박았다. 얼음으로 연해진 커피가 크게 철렁였다. 얇게 덮인 감정의 막(膜)이 당장이라도 터져버릴 것처럼 팽팽해졌다. 생각 외로 큰 소리가 났지만 무신경한 아빠는 개의치 않고 이어 말했다.

"겉모습이 다냐 어쩌냐 하는데, 너야말로 남자 볼 때 겉모습부터 보잖아. 누구더라? 그 왜, 네가 좋다던 아이돌……."

"그거랑은 다르지. 언제 적 얘기야."

"유메도 내년이면 성인이구나. 결혼 생각은 있냐? 그 남자친구랑은 아직 사귀는 중이고?"

나는 고등학교 때 사귀던 남자친구를 아빠에게 소개한 일을 후회하며 대들었다.

"무슨 상관인데."

퉁명스레 내뱉었다. 화내지 마, 라고 아빠가 말했다. 입 다물어, 라고 또다시 폭언이 튀어나왔다. 오늘 아빠를 만나기 전까지 하고 싶은 말이 무척 많았다. 그런데 왜일까. 막상 아빠를 앞에 두니 생각해온 말이 하나도 나오지 않았다. 아빠가 무서워서도, 어려워서도 아니었다. 부족한 생활비. 병의 개요와 수술 위험성, 연기된 백내장 수술. 현재의 집안 상황을 논리적으로 설명한 후 할망구에 대한 일상적인 불만, 키이짱의 마음고생을 감정적으로 호소――. 나는 키이짱을 대신해 이 자리에 와 있다. 키이짱이 아빠에게 직접 할 수 없는 말을 대변해줘야 한다. 그런데 왜일까. 하고 싶은 말이 나오지 않는다. 뭐가 화나는지, 뭐가 불만인지 정확히 알고 있는데도 말을 못 하겠다. 답답하다. 미친 듯이 답답하다. 나는 소설가가 되고 싶었다. 줄곧 소설가가 되고 싶었다. 소설 속에 존재하는 말은 언제나 내 사고와 감정을 표현하는 데 부족한 말의 조각을 채워주었다. 움켜쥔 조각을 무기 삼아 이렇게 아빠 앞에 선 것인데, 나도 모르는 사이 말들은 밖으로 흘러넘쳐 있다. 내 모든 생각은 입 다물어, 라는 말에 집약된다. 감정을 잘 표현하지 못하는 스스로에 대한 짜증과 함께, 얄팍하고 상스러운 말의 나열에 집약되어간다. 나는 그저 욕지거리를 하는 수밖에 없다.

등신 같은 게, 입 다물라고. 뭐가 좋다고 쪼개, 늙다리 아재가.

"숙녀 말투가 그러면 쓰나. 소설가가 될 거라며? 소설가라면 쓰는 말도 좀 서정적이어야 하는 거 아니냐?"

"맞지. 안타깝게도 난 아빠 닮아서 서정의 서 자도 모르거든."

"그건 내가 미안하다. 이걸로나마 용서해주라."

농담처럼 말한 아빠는 언제 꺼낼지 타이밍을 엿보고 있었는지 생활비가 든 봉투를 내 앞에 잽싸게 내려놓았다. 아빠의 태도로 보아 이번에도 딱히 기대할 만한 액수는 아닌 모양이었다.

"미안. 이번 달은 많이 빠듯해서. 입원도 갑자기 하게 된 거고."

변명 듣기가 지겨워 말없이 봉투를 받았다. 빠듯하단 말도 어차피 거짓말이잖아? 아들은 비싼 보습 학원에 축구 교실까지 보내고, 비싼 술 사다 마실 여유도, 오키나와 여행할 돈도 있으면서? 머릿속은 수많은 물음표로 가득했지만 나는 그것들 하나하나를 안에서 찌부러뜨렸다. 생각하면 할수록 허무해지기 때문이었다. 아빠를 보지 않는 동안에도 그의 일상은 아들 자랑이 주를 차지하는 페이스북에 공개돼 있으므로 웬만한 근황은 알고 있었다.

"늘 미안한 마음이야, 엄마 일로 신세 져서. 너한테나, 사오리한테나."

아빠는 항상 뻔하고 틀에 박힌 소리만 한다.

"할머니가 아빠 보고 싶어 했어."

"나를?"

"응. 유이치는 병문안 안 오냐던데. 오늘 제때 왔으면 얼굴 볼 수 있었는데."

"내가 가서 뭐 해. 뭘 해줄 수 있는 것도 아니고."

"그냥 얼굴 보고 말동무해주는 거지."

"못난 아들 얼굴 봐서 뭐가 좋냐 이거야."

"그래도 보고 싶은 거라고. 잘났든 못났든, 할 줄 아는 거 하나 없는 한심한 자식이든 할머니가 좋아하는 건 아빠야. 보고 싶은 건 항상 아빠라고, 나나 키이짱이 아니라."

강한 어조로 대꾸하자 아빠는 살살 고개를 저으며 쓴웃음을 지었다. 대꾸할 말이 없는 모양이었다.

스텐트는 할망구의 몸 안에 무사히 삽입됐고, 눈 깜짝할 새에 퇴원 날이 다가왔다. 그러나 퇴원했다고 해서 긴장을 늦출 수는 없었다. 몸 안에 든 스텐트는 반년에서 1년 사이에 막힐 가능성이 있고, 그럴 경우 교체를 해줘야만 했다.

퇴원 당일, 나는 병원에 가지 않았다. 원래는 휴일이었지만 급한 업무가 생겨 반일 근무를 하게 된 탓이었다.

"내일 못 가게 됐어."

퇴근하고 집으로 오자마자 거실에 있던 키이짱에게 보

고했다. 원래라면 걸음걸이가 불안정한 할망구를 키이짱이 부축하고 나는 짐꾼으로 동행할 예정이었다.

"괜찮아, 택시 탈 거라서."

퇴원 준비를 하고 있던 키이짱은 일어서서 부엌으로 향했다. 요리를 하려는 줄 알았는데 비닐봉지에 든 도시락 두 개를 꺼내 식탁에 늘어놓았다. 평소 저녁 식탁에 영양가 높은 반찬이 차려지는 우리 집은 할망구가 없을 때면 꼭 밖에서 사 온 반찬과 도시락을 먹는다. 세탁기는 하루건너 돌리고, 아침 일찍 일어나던 키이짱은 열 시가 되도록 이불 밖을 나오지 않는다. 할망구의 부재는 키이짱의 의욕을 신기할 정도로 꺾어놓는다. 어제는 야근을 끝낸 내가 저녁 일곱 시 반쯤 단골 마트에 들러 30퍼센트 할인 스티커가 붙은 모둠회를 사 왔다. 그 마트에서 파는 회는 큼직큼직하고 생선 비린내도 나지 않아 먹기가 좋다. 맛있다고 거듭 말하며 행복해하는 키이짱에게 나는 키이짱이 좋아하는 가리비를 하나 더 주었다. 그 대신 질겨서 싫다는 오징어를 받아먹었다. 생선은 보통 구이로 해 먹고 회전초밥집에 안 간 지도 몇 년이 지난 키이짱에게, 저녁 식탁에 차려진 회는 신선한 광경이었을지 모른다.

나는 자리에 앉아, 안쪽에 물방울이 맺힌 튀김 도시락 뚜껑을 열고 나무젓가락을 들었다.

"튀김은 오랜만이네. 기뻐라."

큼직한 새우튀김에 타르타르소스를 듬뿍 찍어 입에 넣는 내게 키이짱은 입가에 튀김옷을 묻힌 채로 동의했다. 할망구가 없는 우리 집 저녁 식탁. 나는 수다스럽고, 키이짱은 자주 웃는다. 하지만 이상하리만치 고요하다. 플라스틱 용기 한구석에 젓가락으로 벗긴 튀김옷 덩어리를 밀어 놓고 말없이 뚜껑을 덮었다. 밖에서 파는 튀김은 두꺼운 튀김옷이 느끼해서 그만 벗겨내 버리고 만다. 지금 여기 할망구가 있었더라면 벗겨낸 튀김옷을 득달같이 발견하고, "아까운 줄을 모르고"라며 인상을 쓴 채 젓가락으로 집어 제 입속에 넣었으리라. 그런 생각을 하며 키이짱의 도시락 용기를 보니 나와 마찬가지로 튀김옷만 벗겨 가장자리로 밀어두었다. 눈이 마주치자 "할머니 있었으면 혼났을 텐데"라며 여유롭게 웃고는 차를 홀짝였다.

"유메, 내일 할머니 돌아오시면 잘해드려."

먼저 식사를 끝낸 내가 일어서서 정리를 시작하자 키이짱이 진지한 투로 말했다. 대답하는 대신 나는 키이짱에게 다가가 노란 스웨터에 달라붙은 튀김옷을 손으로 떼주었다. 키이짱은 식사 도중 음식을 옷에 자주 흘리지만 그 사실을 알아채는 법이 없다. 할망구가 뭘 흘리지 않았는지, 앞치마가 비뚤어져 있지 않은지, 그런 것들에 정신이 팔려 있기 때문이다.

"……나도 마음 같아서는 평소에도 잘해주고 싶어. 근데 못 그러겠어. 그 인간이 앞에 있으면 도저히 못 그러겠단 말야."

"알아. 엄마도 알지."

키이짱은 몇 번이고 끄덕이며, 어린애에게 하듯 손을 뻗어 내 머리를 쓰다듬었다.

세 시쯤 집으로 돌아오니 현관에 작은 할망구 신발이 놓여 있었다. 퇴원 날이 오늘이었다는 게 생각났다.

"어서 와."

열쇠로 문 따는 소리를 들은 키이짱이 미소로 맞아줬다. 아무리 피곤해도 웃는 것처럼 보이는 이유는 평상시에도 올라가 있는 입꼬리 때문일까. 목에 건 달걀프라이 무늬 앞치마. 젖은 손을 주로 노른자 쪽에 닦는지라 그곳만 주름지고 색이 바래 있다. 눈이 마주치자 어젯밤 부탁받은 일이 떠올랐다. 할망구에게 잘해주기 위해서는 큰 결심이 필요했다. 나는 현관에서 다녀왔습니다, 대답하며 신발을 벗고 화장실로 들어갔다. 피곤하더라도 씩씩하게 행동하는 키이짱의 한계는 감히 헤아리기가 어렵다. 1년 전쯤 아빠의 생활비가 밀렸을 때 아르바이트를 두 탕이나 뛰기 시작한 키이짱은 과로로 인해 몸이 망가졌었다. 위화감은 있었다. 집으로 와보니 키이짱이 커튼도 치지 않은 불 켜진 방에서 제 발치만 우두커니 내려다보고 있었던 것이다. 무슨 일이냐고 물으니 몇 초 뒤 "올이 나가서"라고 나지막이 중얼거렸다. 그 자세 그대로, 말을 걸어도 별 반응이 없었다. 그저 올 나간 스타킹을 물끄러미 바라보고 있었다. 몸살이 난 건 그로부터 며칠이 지나서였다. 그 후로 나는 키이짱의 사소한 변화나 위화감을 놓치지 않게끔 예의 주시해왔다.

손을 씻고 거실로 나갔다. 식탁에서 파운드케이크를 먹고 있던 할망구와 눈이 마주쳤다. 초콜릿과 호두, 바나나가 든 묵직한 파운드케이크는 키이짱이 손수 만든 것이었다.

"유메, 봐봐. 어머님이 오늘 퇴원하고 오는 길에 머리를 자르셨거든. 엄청 깔끔해졌지?"

머리카락을 몇 센티미터 잘랐다, 그냥 그뿐이었다. 그냥 그뿐인 일을 키이짱은 내게 요란스레 전했다.

"많이 자랐었는데, 짧게 자르시길 잘했어."

할망구도 기분이 좋은지 제 정수리를 보여주듯 앞으로 슬쩍 고개를 숙였다. 짧은 머리칼에 불그레한 뺨, 좁고 주름진 이마가 전에 TV에서 본 온천욕 하는 원숭이 같다고 내심 비아냥스러운 생각을 하며 웃었다. 내 웃음을 좋은 뜻으로 착각한 할망구도 웃었고, 그걸 본 키이짱도 웃었다. 우리는 네모 바퀴로 굴러가는 가족이었다.

할망구의 머리에 창문으로 새어든 햇빛이 닿아 있었다.

"유메, 거기 커튼 좀 치거라."

고분고분 끄덕이곤 얇은 레이스 커튼을 쳐서 빛을 차단해줬다. 할망구는 만족스러운 듯 웃더니 다시금 눈앞에 놓인 파운드케이크를 쳐다봤다. 사기 접시에 쨍강쨍강 포크질을 해대며 정신없이 먹고 있는 할망구의 뒤로 가 섰다. 주춤주춤하며 그 조그만 머리통 위에 손을 살며시 얹었다. 오랜 시간 햇볕을 쬐고 있던 머리는 따뜻했다. 양달 같았다. 그 느낌이 의외로 포근해 얼마간 손을 올리고 있었더니 할망구가 포크질을 멈추고 고개를 좌우로 흔들었다. 처음에 오른쪽을 보았다가 아무도 없다는 걸 깨닫고 왼쪽을 보았다. 이내 천천히 몸을 뒤집고는 겨우 상체를 틀어 등 뒤를 돌아봤다. 내가 있다. 감각 신경이 무뎌져 인기척에 둔감한 할망구는 누가 어디서 얘기하고 건드리고 있는지조차 쉽게 알아채지 못한다. 그래서 늘 이렇게 굽은 목을 바삐 움직여가며 찾아대곤 한다.

제 머리에 손을 얹은 손녀의 얼굴을, 할망구는 의아한 표정으로 물끄러미 쳐다봤다. 마찬가지로 달걀흰자 같기도 한, 말랑말랑한 막이 낀 혼탁한 흰자를 쳐다보다 나는 머리에 얹은 손을 좌우로 천천히 움직였다. 경계심 없이 쓰다듬다 보니 금세 맨살에 다다랐다. 손을 뗐다. 내가 평소 할망구와의 접촉을 꺼리는 이유는 혐오스러워서가 아니다. 두피의, 뭐라 형언할 수 없는 그 노골적인 감각이 무서워서다. 깡마른 두 팔도, 튀어나온 어깨뼈도, 살이 간신히 붙어 있는 다리도. 온갖 것들이 떨어져 나가 심(心)이 되어가는 과정 같은, 생의 경계를 건드리고 있는 듯한 공포와 거북함이 느껴지는 것이다.

"가끔이라도 좋으니, 할머니가 숨을 잘 쉬시는지 확인해줘."

할망구가 퇴원하고부터 살짝 신경질적으로 변한 키이짱은, 농담인지 진담인지 옆방에서 자는 내게 그런 부탁을 하게 됐다. 일정한 리듬을 가진 할망구의 코골이가 대뜸 멈추는 경우가 있어서 그게 키이짱의 불안감을 부추기는 모양인데, 나는 할망구는 그렇게 쉽게 죽을 인간이 아니라고 생각한다. 할망구는 생명력이 강하다. 끈질기다고 봐도 좋을 것이다. 이번에 입원했을 때도 의사는

"잘못 부딪쳤으면 위험했을 거예요"라는 말을 몇 번이고 했다. 운이 좋은 것이다.

병은 마음먹기에 달렸다는데, 할망구는 성격적으로도 밝고 자유분방하다. 끙끙거리다가도 금세 털고 일어서는 데다 매사에 후회가 없으므로 반성 또한 하지 않는다. 나나 키이짱에게 혼나 토라지면 "요것들아, 나 좀 그만 들볶아라! 그리 싫으면 딴 데다가 갖다 버리든지 해. 나 같은 인간은 뒈져버리는 게 나으니" 하고 약한 소리를 하다가도, 다음 날이면 "나는 오래오래 살 거다. 백 살까지 살련다!"라며 기고만장이다.

할망구가 말하는 "딴 데다가 갖다 버려라"의 '딴 데'는 양로원 또는 아빠가 새 가족들과 사는 집을 가리킨다. 물론 진심은 아니다. 할망구 본인도 나와 키이짱 옆에 있는 게 제일 편하다는 걸 아는 것이다. 단순한 허세임을 알기에 우리도 그에 대해서는 반응하지 않는다. 언제 한번, 할망구는 이 집을 나갔다가 혼자서 되돌아온 적이 있다. 제 의지로. 할망구는 그날 신발을 신고 있지 않았다.

벌써 3년 전쯤 일이다. 재혼한 아빠가 할망구를 데려갔지만 한 달도 버티지 못했다. 썰렁하던 10월의 어느 날, 초인종이 울려 현관 밖으로 나가보니 할망구가 눈앞에 우뚝 서 있었다. 짐은 들고 있지 않았다. 신발도 신고 있지 않았다. 예전에 키이짱이 사준 얇은 스카프 하나만 목에 두른 채 두툼한 양말을 신고 있었다.

당시 아빠가 새 가족들과 살던 아파트는 나와 키이짱이 사는 아파트에서 역 한 정거장 거리였다. 그 거리를 할망구는 혼자 걸어온 것이었다.

"어머님! 어떻게 된 거예요? 신발은요?"

할망구의 행색에 얼떨떨해하던 키이짱은 후다닥 뛰쳐나가 작은 몸을 부둥켜안다시피 현관 안으로 들였다.

"……신발이 없어. 온통 다 찾아봐도 없지 뭐냐. 별도리가 없어서 양말만 신고 이리로 왔다."

할망구는 의기양양하게 말했지만, 눈은 공허해서 어딜 쳐다보고 있는지 알 수 없었다.

"말도 없이 나오신 거예요? 무슨 일이에요?"

할망구는 질문에는 대꾸하지 않고 키이짱의 가녀린 몸에 제 몸을 맡긴 채 하소연했다.

"나는 인제 못해 먹겠다. 넌덜머리가 나서 못 살겠어."

할망구의 쪼끄만 두 눈에는 눈물이 맺혀 있었다. 무른 젤리를 닮은 막이 안구 속을 떠돌고 있었다. 둘의 모습을 복도 벽에 기대 지켜보고 있던 나와 눈이 마주치자 그 막은 끝내 터져버렸다. 투명한 액체가 뒤틀린 주름 위를 따라 미로처럼 흘러내렸다.

"어머님……?"

"부탁한다, 사오리, 여기 다시 살게 해줘. 살게 해줘. 나는 그 집에 있기 싫다. 전처럼 여기 같이 살게 해줘. 그래도 되겠냐?"

할망구는 키이짱의 어깨에 머리를 기댄 채 키이짱의 셔츠 옷깃을 얼어붙은 손끝으로 잡아당기며 간절한 눈으로 호소했다.

할망구가 '속내복'이라 부르는, 발목까지 오는 따뜻한 내의가 말려 올라가 훤히 드러난 발목이 추워 보였다. 할망구의 굽은 등과 가는 발목을 번갈아 어루만지는 키이짱을 따라, 나도 가까이 다가가 손이라도 잡아줘야 한다는 걸 머리로는 아는데 몸이 움직이지 않았다. 입심 좋고 거드름스러운 할망구가 전에 없이 작고, 가냘프고, 애처로워 보여서 나는 안타까움을 느끼고 있었다. 할망구의 나약한 모습 따윈 보고 싶지 않았다. 내가 아는 할망구는 언제나 얄미운 소리만 해대고 예쁜 구석이라곤 없는 할망구뿐이었다.

"유메, 미안하지만 욕조 물 좀 받아줄래? 목욕 안 하시면 감기 걸리시겠어."

키이짱의 부탁으로 나는 그 자리에서 도망칠 구실이 생겼다. 차디찬 욕실로 가서 욕조 마개가 닫힌 걸 확인하고 스위치를 눌렀다. 자동으로 채워지는 목욕물을 바라보았다. 열어둔 문 너머로, 현관에서 이야기하는 둘의 대화가 들려왔다.

"어머님, 신발 새로 사셔야겠네요."

"나는 그 신발이 편했는데……. 그거랑 같은 거면 된다."

"예. 쉬는 날 사다 드릴게요."

"나도 같이 가면 안 되냐?"

"어머님은 집에 계세요. 밖이 추워요."

"사오리, 나는 참 착한 딸을 뒀어. 너 같은 딸내미가 있어서 내가 어찌나 좋은지 모른다."

새집에서의 생활이 실제로는 어땠는지 몰라도 급격히 달라진 환경이며, 신발도 없이 홀로 아빠 집을 뛰쳐나온 할망구를 나는 조금 측은하게 여겼다. 하지만 그것도 잠시였다. 나는 할망구를 단 1초라도 '불쌍하다'고 여긴 스스로를 두들겨 패주고픈 심정이었다. 그날 내가 받은 목욕물로 느긋하게 씻고 나와 키이짱에게 머리를 말려달라고 한 할망구는, 저녁 식탁에 앉아 아빠의 새 가족을 사정없이 헐뜯었다. 그 험담은 주로 아빠의 재혼 상대, 즉 며느리에 대한 것이었는데 "눈치가 없어"부터 시작해 저녁 먹는 시간이 늦다는 둥, 해다 주는 음식 맛이 별로라는 둥, 약 관리를 해주지 않는다는 둥, 자기 신발을 감춘다는 둥, 애 버릇을 잘못 들인다는 둥 험담 대행렬이 꼬리에 꼬리를 물고 이어졌다. 새집에서 쌓아둔 불만을 한꺼번에 방출한 할망구는 생기마저 감돌았다. 나는 이런 나날이 또다시 시작될 걸 생각하니 한없이 우울했지만, 키이짱은 어딘가 신이 나 보였다.

“어머님이 안 계시니 요리할 기분도 안 나더라고요. 어머님은 뭐든 맛있게 드셔주셔서 요리한 보람이 있거든요.”

“내가 먹는 걸 좋아하잖냐. 해다 주는 거면 뭐든지 군소리 없이 먹지. 한데 그 여자는 밥 하나 제대로 못 지어. 밥이 너무 되고 뻣뻣해서 목구멍에 걸리더라니까. 나 같은 노인네한테는 진밥이 좋건만. 내가 얘기해도 유이치는 아무 소리 안 해준다. 이런 건 초장에 잡아야 하거늘 아는지 모르는지. 더더구나 그 꼬맹이는 또 어찌나 정신 사나운지 몰라. 네 살배기라는데 한시도 가만히 못 있고, 밥 먹는 중에도 오두방정을 떨길래 내가 혼꾸멍을 내줬다. 밥 먹을 적만이라도 좀 가만히 앉아서 먹으라고. 그랬더니 그 애가 나더러 ‘할망구!’라고 악다구니를 쓰지 뭐냐. 아주 이리 날아다니고 저리 뛰어다니는 애라, 그러다가는 언제 한번 호되게 다칠 게야.”

키이짱이 팥밥이 먹고 싶다는 할망구를 위해 집에 있던 인스턴트 팥밥을 데우고 할망구가 좋아하는 마카로니 그라탱도 만들어줘서 할망구는 시종일관 기분이 좋아 보였다. 몇 시간 전까지만 해도 꺽꺽 울어대던 게 거짓말인 양 웃고, 화내고, 먹느라 진을 다 빼더니 웬일로 저녁 여덟 시부터 잠이 들었다. 코 고는 소리는 여전히 시끄러웠다. 할망구가 멋대로 가출한 사실을 알려도 "유메네 집에 있는 거면 안심이지"라는 태평한 답장을 보내온 아빠에게, 커다란 입을 쩍쩍 벌리고 자는 할망구의 얼굴을 동영상으로 찍어 보내버렸다.

코골이는 밤새도록 이어졌고, 덕분에 나는 이불 속에 들어가서도 해 뜰 무렵까지 잠들지 못했다.

⋮

크리스마스이브는 와타루와 오랜만에 데이트하는 날이었지만, 나는 아침부터 기분이 언짢았다. 모든 원인은 할망구에게 있었다. 아침에 일어나 코를 풀려고 거실에 있는 티슈를 뽑아 들었을 때 곧바로 이변을 알아챘다. 티슈는 원래 감촉과 흡수성을 고려해 얇은 휴지가 두 장 겹쳐져 있는 것인데, 궁상떠는 할망구는 티슈를 한 장 뽑으면 두 장으로 떼어내 상자에 도로 채워 넣는다. 쓰기 불편함은 물론이고, 볼일을 보고 제대로 씻지도 않아 지린내가 나는 손으로 깨끗한 티슈를 만져대니 위생 면에서도 불결하다. 이제껏 몇 번을 말렸으나 할망구는 악착같이 되풀이했다. 이번에도 새것이던 티슈 다섯 상자가 모조리 할망구의 손에 뜯겨 있었다. 어제는 주간보호센터가 휴무였으므로 키이짱의 눈을 피해 하루 온종일 티슈를 갈아 채우고 있었던 것이다.

나는 아침을 먹으러 나온 할망구를 불러 세워 여느 때처럼 소리쳤다.

"할머니, 티슈 이렇게 해놓지 말라 그랬지? 몇 번을 말해야 알아들어? 진짜 지독하다."

할망구는 천연덕스러운 표정으로 반격에 나섰다.

"못돼먹은 것. 집안 살림 생각해서 요만큼이라도 절약하려는 걸."

"뭐? 모르나 본데, 우리 집 살림이 그 정도로 쪼들리진

않거든? 게다가 그 더러운 손으로 만진 걸 누가 쓰라고, 오히려 티슈만 아깝지. 그놈의 거지 근성 아주 지긋지긋해!"

"손녀라고 하나 있는 게 욕지거리만 해대니 원."

"좋게 말하면 못 알아먹잖아."

"둘 다 그만!" 하고 키이짱이 중재했다.

"키이짱도 좀 따끔하게 야단쳐."

화풀이하듯 분노의 화살이 키이짱에게로 향했다. 키이짱은 할망구를 돌아보더니 늘 그렇듯 온화한 말투로 설득을 시작했다. 그 부드러운 음성을 들으며 손안에 구겨진 티슈를 펼치고 있자니 정말이지 우습다는 생각이 들었다. 냉정해지고 나면 너무도 우스운 것이다. 이렇게 아무래도 상관없는, 하찮은, 자질구레한 일로 짜증을 내고, 원치 않는 호통을 치고, 스스로 생각해도 진절머리 나는 욕지거리를, 폭언을, 노인네를 상대로 퍼부어야만 한다. 그게 이리도 우스울 수가 없다.

학생 때는 나도 할망구에게 악다구니를 쓰지 않았다. 워낙 얌전하고 조심성 많은 성격이었으므로 싫은 소리를 들어도 묵묵히 흘려 넘겼다. 그러던 게 할망구가 나이를 먹기 시작하면서 특유의 똥고집이 더욱 심해진 데다 타고난 상스러움에 더해 사리 분별력마저 떨어지게 됐을 무렵부터 나는 다혈질로 바뀌었고, 할망구를 대할 때 공격적인 태도를 취하게 됐다. 사사건건 신경을 긁어대기 때문이었다.

티슈뿐만 아니라 할망구는 시간이 남아돌 때면 온갖 것들을 분해하곤 한다. 무슨 의도가 있어서는 아니다. TV고 책이고 신문이고, 일반적으로 오락이라 여겨지는 매체에 대한 집중력은 해마다 떨어지는 중이며 매 순간 눈에 들어온 사물에만 관심이 쏠린다. 지금껏 가장 열받았던 건 내 치마의 허리 원단을 가위로 잘라 안에 든 고무줄을 멋대로 빼냈을 때다. 키이짱에게 반짇고리를 빼앗기기 전이었다. 내가 여간 성을 낸 게 아닌지라 그 뻔뻔한 할망구도 반성하는 마음이 들었는지 한동안은 종이를 자르고 붙이는 작업에만 몰두했다. 그러던 어느 날, 저녁때 지은 밥을 한 공기씩 랩에 싸서 부엌에 두었는데 그중 하나가 사라지는 일이 벌어졌다. 나는 더 볼 것도 없이 할망구를 의심했다. 따져 물으니 잃어버린 풀 대신 밥풀로 종이를 붙였다고 말했다. 충격과 혐오감으로 말문이 막혔다. 할망구 같은 인간은 되고 싶지 않았다. 하지만 심한 말 좀 들었다고 상처받을 섬세한 마음의 소유자가 아니란 걸 알기에 더한 독설을 퍼붓게 된다. 무엇보다 나와 키이짱에 대한 할망구의 애정이 몹시 희박하다는 사실을, 손에 잡힐 듯 또렷이 알게 되는 순간이 싫었다. 보고 싶은 건 언제나 아빠, 그리고 그의 재혼 상대 사이에서 낳은 자식인 것이다. 길 가다 걸려 넘어지지 말라고 다정히 내민 손은 뿌리치는 주제에 아빠가 손을 잡아주면 하늘을 나는 듯한 얼굴로 그 손을 맞잡는다. 입원 생활이 고달플 때나 기분이 울적할 때면, 단 몇 주밖에 되지 않는 손자와의 달콤한 옛 기억을 들춰내 나와 키이짱에게 집요히 이야기한다.

——코우키는 애가 어찌나 깜찍한지. 내가 이불 속에 들어가 자고 있으면 그 안으로 따라 들어온다. 할머니랑 같이 자고 싶다면서.

딱히 고마워하길 바라서, 보답받고 싶어서 뒷바라지하

는 건 아니다. 하지만 할망구의 마음에 찬바람이 드는 순간, 그녀 머릿속에 맨 먼저 떠오르는 사람이 아빠나 그의 아들이라는 생각을 하면 뭐라 형용할 수 없는 공허함에 사로잡힌다.

그날, 집까지 태우러 올 예정이었던 와타루는 차가 막혀 도로 위에 갇혀 있었다. 약속 시간으로부터 두 시간이 지나서야 5분 후 도착한다는 연락을 받았다. 나갈 준비는 진작에 끝낸 상태로 화장실에 들렀는데, 거기에도 또 분노의 불씨가 나뒹굴고 있었다. 화장실 매트 위에 작고 동글동글한, 토끼 똥 같은 대변들이 떨어져 있고 내 전용 슬리퍼도 젖어 있었던 것이다. 얼굴을 대보니 강한 암모니아 냄새가 났다. 곧바로 할망구가 오줌을 갈겨놓은 것임을 깨달았다. 할망구가 센터에서 무좀을 옮아온 뒤로는 셋이 각각 다른 슬리퍼를 신고 있었다. 내가 할망구에게 직접 잔소리하면 또다시 부딪치게 되므로 키이짱에게 이야기했다. 그러자 그걸 옆에서 듣고 있던 할망구가 "나 아니다! 네가 그랬겠지. 애먼 사람 잡기는" 하고 내게 죄를 뒤집어씌웠다. 이런 식으로 나오면 나도 피가 거꾸로 솟는다. "잘못했으면 인정을 해!"라는 말로 2라운드가 시작된다. 이런 싸움은 하루 이틀 일이 아니다. 이제껏 할망구가 변기 대신 바닥이나 슬리퍼 위에 분뇨를 싸지를 때마다 주의를 줘왔다. 할망구는 들은 척도 하지 않는다. 그래서 자꾸만 같은 실수를 반복한다. 배설은 민감한 문제이므로 감정적으로 대처하거나 나무라듯 얘기해선 안 된다. 키이짱이 내게 말했고, 비슷한 내용을 인터넷 기사로도 읽은 적이 있어서 처음에는 나도 "앞으론 조심해"라며 좋게 타이르곤 했다. 그러나 할망구가 여느 노인들과는 다른 것인지, 아니면 여느 노인들도 그런지는 모르겠으나 나와 키이짱이 그냥저냥 타일러서는 별 효과가 없었다. 효과가 없는 정도가 아니라 배설 실수는 할망구의 자존심을 자극하는 모양이었다. 지린다는 행위에 대한 수치심으로 거센 반발과 함께 악을 써대기만 했다. 나 아니다, 나 아니다 소리만 지껄이니 답이 없었다. 다행히 치매는 아니라서 사리 분별을 못 하는 건 아니다. 이건 그저 마음먹기에 달린 문제다. 내가 저자세로 백날 좋게 타이른들 본인이 태도를 고쳐먹지 않는 한 말투는 거칠어질 수밖에 없다.

한창 실랑이 중일 때 와타루에게서 도착했다는 연락이 왔고, 나는 키이짱에게 청소를 맡긴 뒤 부랴부랴 집을 나왔다. 심기가 불편했다. 하지만 그건 와타루가 두 시간을 늦어서도, 그래서 가고 싶었던 식당의 점심 예약까지 취소하느라 일정이 틀어져서도 아니었다. 그러나 아무것도 모르는 와타루는 그 원인을 자신의 지각 탓으로 단정 지었다.

"화났지? 내가 늦게 와서. 그래서 기분이 안 좋은 거지? 맞지?"

아파트 주차장에 차를 세우고 뒷좌석 짐을 정리하는 와타루의 등을 바라보다, 말없이 조수석에 올라탄 내게 그는 그렇게 캐물었다.

"화가 왜 나는데."

나도 모르게 강한 어조로 말한 것을 후회하며 어수선한 뒷좌석에 1박 2일 짐을 처박았다. 코트도 벗어 짐 위에 올려놓았다. 차 안은 난방이 너무 세서 숨이 막힐 지경이었다. 와타루의 지독한 향수 냄새도 한몫했다. 속이 울렁

거리고 멀미가 날 것 같아 창문을 반쯤 열었다.

내가 인사를 안 한 건 화가 나서가 아니고, 와타루가 차에 타면 사정을 설명하며 외출 전의 짜증을 웃음으로 치환할 생각이었다. 그런데 설명도 하기 전에 이미 성가신 기분이 들었다. 사과할 생각이었는데 버럭 화를 내서 처음의 감정을 소실한 듯한 기분이었다. 언제나 그랬다. 그의 엉뚱하고 핀트 안 맞는 한마디가 내 화를, 짜증을 더더욱 배가시켰다.

"차가 막히는 걸 어떡해. 내가 어떻게 할 수 있는 일이 아니잖아."

와타루는 그칠 줄 몰랐다. 오늘만이 아니라 사람의 감정에는 기복이 있다. 이를테면 컨디션이 좋지 않을 때도, 별다른 이유 없이 기분이 나쁠 때도 있다. 그런데 와타루는 그러는 데는 반드시 이유가 있다는 태도로 기어코 밝혀내려 든다. 나는 그의 심문을 받아야 할 때면 정말이지 몸서리가 쳐진다.

"얼른 가기나 해."

안전벨트를 매며 무뚝뚝하게 말하자 와타루가 "그래"

하고 포기한 듯 핸들을 쥐었다. 한동안 말없이 운전하던 와타루는 횡단보도 신호에 걸렸을 때 불쑥 이제야 이해했다는 듯 입을 열었다.

“알았다. 오늘 생리하는구나? 맞네, 맞아. 그래, 괜찮아. 난 다 이해해.”

“……뭐?”

부정하기도 신경질 나 그를 곁눈으로 흘겨봤다. 집에서 가져온 페트병 차로 목을 축이니 기분이 좀 가라앉았다. 페트병을 도어 포켓 안에 넣으려다 거기 쑤셔 박힌 마스크를 발견했다.

“와타루, 이거 뭐야? 지저분하게.”

마스크를 싫어하는 와타루는 감기에 걸리건 독감이 유행하건 절대 마스크를 쓰는 법이 없으므로 그의 것이 아니란 건 알고 있었다. 내가 도어 포켓을 가리키자 와타루는 “아아, 미안, 미안. 쇼타 건가 보다” 하며 어정쩡하게 사과했다. 쇼타는 나도 몇 번인가 술자리를 같이한 적이 있는 와타루의 고향 친구다.

“이 차에 탄 적 있어? 언제?”

"……언제였더라."

시치미 떼며 고개를 갸우뚱하는 와타루의 무릎을 때렸다.

"오늘이지? 오늘 우리 집 오기 전에 태운 거지?"

내 추궁에, 와타루는 체념한 듯 과장스러운 한숨을 내쉬곤 자백했다.

"……진짜 미안. 오늘 아침에 길에서 우연히 만났는데, 유메 만나러 간다니까 자기도 시내 나갈 일 있다고 가는 길까지만 태워달래서. ……잘못했어. 근데 그렇게 부탁하면 거절하기 뭐하잖아."

"그래서 늦은 거구나? 차 밀린다는 거짓말이나 하고. 진짜 최악이다."

"아냐, 차 막힌 건 진짜야. 하긴, 쇼타 안 데려다줬으면 더 빨리 도착하긴 했겠지만."

"걔 감기 걸렸어?"

"어?"

"마스크 걔가 쓴 거잖아. 감기 걸렸어?"

"어어, 맞아, 열난다면서 쿨럭대더라고. 내가 옮기지 말라기 무섭게 마스크를 벗지 뭐야."

"내가 탈 차에 감기 걸린 애를 태우면 어떡해. 생각이 있는 거야, 없는 거야."

방금 전까지 내가 앉은 조수석에 감기로 쿨럭거리던 녀석이 앉아 있었다고 생각하니 나까지 몸이 아픈 기분이었다.

됐다, 하고 못마땅한 듯 시트를 젖혀 눈을 감았다. 와타루는 거절을 잘 못 한다. 지금까지도 데이트 도중 친구에게 걸려온 고민 상담 전화를 몇 시간이고 받아주는가 하면, 선배가 해야 할 일을 억지로 떠맡거나 원치도 않는 동창회 간부직을 떠맡기도 했다. 키이짱을 보면 알 수 있듯이, 너무 착하면 무시당하고 관용만 베풀면 얕잡힌다. 무한한 유연함 앞에 인간은 거리낌이 없다. 질척질척해질 때까지 끝없이 파고들어 온다. 아빠는 여자라면 사족을 못 쓰는 쓰레기고, 낯짝 두꺼운 할망구는 선의를 이용해 먹기 일쑤다. 나는 빈틈을 보이고 싶지 않았다. 누구에게도 빈틈을 보이고 싶지 않았다. 이기적이고 거만하고 신경질적이고, 말로 상대를 헐뜯고, 비난하고, 얄밉게 욕지거리만 해대는 감당 못 할 여자로 여겨지는 게 마음 편했다. 그래야만 상처받지 않고 살아갈 수 있었다. 남에게 기대하지 않을 수 있었다. 상대를 먼저 상처 입히면 나는 상처받지 않을 수 있다고 믿고 있었다.

숙박하기로 한 호텔에 도착할 때까지 조수석에서 잠깐 눈을 붙인 나는 차에 탔을 때의 짜증은 가라앉고 기분도 풀려 있었다. 다만 좁은 시트에서 잠들어선지 목이 뻐근하고 온몸이 나른한 건 어쩔 수 없었다. 주차장에 차를 세우고, 호텔 프런트에서 체크인 수속을 하는 와타루를 기다리며 로비를 서성거렸다. 1층 기프트 숍에 들러 키이짱 선물로 꽃무늬 캔에 든 스노우볼 쿠키를, 부드러운 음식을 좋아하는 할망구를 위해 상온에서 오래 보관할 수 있는 과일 젤리를 샀다. 할망구와 떨어져 있으면 나는 이성을 되찾는다. 살갑게 대해줘야겠다고 생각한다. 잘해줘야겠다고 생각한다. 작게 말린 등과 이마에 피를 흘리고 쓰러졌을 때의 괴로운 표정, 편안히 잠든 얼굴을 떠올리며 쌀쌀맞게 굴었던 걸 반성한다. 할망구에게 펴부은 모진 말들이 고스란히 내게로 되돌아오듯 깊은 자기혐오에 빠진다. 하지만 그것도 일시적인 감정이다. 여자 점원이 예쁜 상자에 담아준 과자를 받아 들고 가게를 나왔다.

체크인을 마치고 로비를 헤매고 있던 와타루의 등에 대고 말을 걸었다.

"미안, 기다렸지."

"뭐 샀어?"

"할머니 거."

"그렇구나."

와타루는 무관심한 듯 고개를 숙인 채 프런트에서 받은 두 장의 객실 카드키 중 한 장을 내게 내밀었다.

"저녁 예약은 다섯 시야. 한 시간 반 정도 남았는데 어떡할까?"

"어떡할래? 일단은 짐이 무거워서 방에 두고 싶어."

엘리베이터가 내려오길 기다리는 동안 저녁까지의 시간을 어떻게 보낼지 궁리했다. 원래라면 열두 시쯤 같이 점심을 먹고, 두 시쯤 호텔을 나와 주변을 산책한 뒤 쇼핑을 하고 있었을 것이다. 일정 하나가 틀어지면 그다음 일정 또한 어찌 되든 상관없어진다.

“나가기에는 시간이 어중간하네.”

무심하게 대꾸하자 와타루는 “나 점심을 제대로 못 먹어서 배고파”라며 배를 문질렀다.

“뭐 좀 먹을래?”

“지금 먹으면 저녁을 못 먹을 텐데.”

와타루가 들고 있던 호텔 팸플릿을 뺏어 뒤적거렸다. 숙박 서비스 중 객실 한정으로 이용 가능한 라운지 소개글을 발견하고 “여긴 어때?” 하며 제안했다.

“분위기도 좋아 보이고, 여기라면 간단히 먹을 수 있을 것 같아.”

“오오, 괜찮네. 거기로 가자.”

엘리베이터 문이 열렸고 와타루를 따라 올라탔다. 상승하는 숫자 불빛을 눈으로 좇으며, 오늘 우리 집 저녁 메뉴를 생각했다. 내가 없는 식탁에서 키이짱과 할망구는 무슨 이야기를 나눌까.

와타루가 힘깨나 썼다던 디럭스 트윈룸은 막상 들어가 보니 그리 넓지만은 않았고, 트윈 베드에 원형 테이블, 1

인용 소파, TV, 냉장고, 욕실과 화장실, 공기청정기 등 최소한의 설비와 비품만이 갖춰져 있었다. 그래도 고층이니만큼 커다란 창문으로 내다보이는 경치는 예뻤다. 유리창에 얼굴을 대고 휘황찬란한 빌딩숲을 바라다보며 고요한 흥분에 잠겼다. 잠시 감상하다 시선을 비꼈는데, 유리창에 손때가 묻어 있는 게 보였다. 아주 열어 눈여겨보지 않으면 모를 정도였지만 한번 눈에 띄니 온 신경이 쏠렸다.

"좀 일찍 예약했으면 더 좋은 방을 잡았을 텐데."

등 뒤에서, 와타루가 벗은 코트를 옷걸이에 걸며 투덜댔다. 와타루가 LINE 메시지를 보내온 날, 나는 연락이 온 걸 알았지만 너무 피곤한 나머지 답장을 다음 날로 미루고 말았다. 크리스마스 한 달 전이라 객실 예약은 거의 다 차 있었고 예약 취소를 대기해야 하는 상황이었다.

"미안, 내가 더 빨리 답장할걸."

"에이 무슨, 딱히 유메를 탓하려던 건 아니야."

와타루는 당황한 듯 말하더니 내 팔에 걸쳐둔 코트를 가져가 옷걸이에 걸었다. 나는 말없이 화장실로 가서 손을 씻었다. 세면대에 놓인 어메니티를 만지작대다 어느 새 내 뒤에 서서 머리를 정돈하고 있던 거울 속 와타루와 눈이 마주쳤다. 허리를 쑥 내밀고 아랫배를 장난스레 밀어붙이기에, 받아주듯 엉덩이를 뒤로 튕기며 화장실을 나왔다.

"와타루, 얼른 가자. 시간 없어."

휴대폰만 챙겨 먼저 방을 나왔다. 슬롯에 든 카드키를 빼자 불이 한꺼번에 꺼졌다. 바지 벨트를 조절하고 있던 와타루도 허겁지겁 밖으로 나왔다.

저녁 예약까지 시간이나 때우자고 가벼운 마음으로 들른 라운지는 사람들로 붐볐다. 입구 앞에 대여섯 명의 사람들이 기다리고 있었다. 라운지에서 하는 식사는 숙박 서비스에 포함되므로 별도 요금이 들지 않는다. 카운터에 놓인 와인과 칵테일, 음료수는 셀프서비스였고 애피타이저와 안줏거리 등의 가벼운 식사는 홀 직원이 자리로 가져다주고 있었다.

크리스마스여선지 언뜻 봐도 젊은 커플들이 많았지만, 개중에는 나와 키이짱 나이대로 보이는 모녀 한 쌍도 있었다. 소파에 앉은 그들은 케이크를 먹으며 담소를 나누고 있었다. 혼잡한 라운지를 보고 일단은 방으로 돌아가자고 얘기하는 사이 손님이 우르르 빠졌다. 직원이 안내해주는 대로 입구에서 멀리 떨어진 소파 자리에 앉았다. 눈앞 소파 자리에 어깨를 맞대고 앉은 커플들 손에는 유리잔이 들려 있었고, 낮은 테이블에 놓인 얇고 둥근 접시에는 샌드위치며 핀초스(작은 바게트 위에 고기, 채소 등을 올려 핀으로 고정한 스페인 음식—옮긴이) 같은 핑거 푸드 외에 쿠키며 마카롱, 무스케이크 같은 미니 사이즈의 디저트가 늘어놓여 있었다.

"마실 것 좀 가져올게. 유메는 뭐 마실래? 술은 못 마시니까 무알코올 와인 같은 거?"

"응, 그거면 돼. 고마워."

"오케이. 음식은 주문하면 되나 봐. 먹고 싶은 거 시켜."

와타루를 보내고, 지나가던 직원을 불러 세웠다. 메뉴판을 보며 먹고 싶은 음식을 적당히 주문했다. 얼마 후 와타루가 음료를 들고 돌아왔고, 둘이 함께 건배를 했다.

"그나저나 난리도 아니었다면서, 할머니."

"아아…… 응. 난리도 아니었지."

"지금 몇 살이시더라?"

"아흔."

아흔이시구나, 말하며 와타루는 다리를 꼰 채 강력 스프레이로 고정한 머리카락 끝을 손가락으로 매만졌다. 생각에 잠긴 듯한 표정이었다.

"우리 외할아버지도, 아직 젊으시지만 요새 좀 치매기가 보이기 시작했거든. 저번에 본가 내려갔을 때 부모님이 그러더라고. 그동안 다리가 불편한 할머니를 할아버지가 부축해줬었는데, 이제는 그러기도 어려워졌다고. 요양원에 보내려는 것 같던데, 유메네는? 요양원 같은 건 생각 안 해봤어?"

"지금으로서는. 요양원 보내려면 돈도 들고."

"그렇긴 해. 쉬운 문제는 아니지."

"와타루네는 부잣집이라 좋겠어, 선택지가 있잖아."

가정 환경이 딴판인 사람과 대화하다 보면 상대가 아무리 친근하게 군들 내쳐지고 있다는 느낌을 지울 수 없다. 괜히 혼자 비굴한 기분이 들고 신경이 곤두선다.

한창 심각한 이야기 중에 와인을 게 눈 감추듯 해치운 와타루는 두 잔째를 가지러 자리를 떴다. 주문한 메뉴는 아직 나오지 않았다. 나는 초조한 마음으로 주위를 둘러보았다. 직원은 분주해 보였고, 쟁반을 한 손에 든 채 쉴 새 없이 돌아다니고 있었다. 어쩌면 주문이 제대로 들어가지 않은 걸지도 몰랐다. 와타루는 빈속에 술을 마시면 주정을 부려대는 타입이라 마실 거면 뭐라도 좀 먹어가며 마시길 바랐다.

"와타루, 이제 곧 저녁 먹어야 하니까 적당히 마셔."

한 손에 와인, 다른 한 손에 칵테일 잔을 든 와타루가 자리에 앉았고, 나는 그런 그를 타일렀다.

"알았어, 알았어. 하나도 안 취했으니 걱정 마."

"아까 주문한 음식이 아직 안 나왔어. 너무 늦지 않아?"

"바빠서 그런 거 아냐? 기다리면 나오겠지. 좀 더 기다려보자."

주문한 음식을 재촉해주길 바란 건데 느긋한 대답을 하는 와타루에게 나는 짜증이 났다. 와타루의 팔뚝을 붙잡고 손목에 휘감긴 시계를 들여다봤다.

"20분 뒤면 저녁 시간인데."

"벌써 그렇게 됐어?"라며 와타루는 레드 와인에서 칵테일로 유리잔을 바꿔 들었다. 나는 작게 혀를 차고, 기다리다 못해 지나가던 직원을 불러 세웠다. 역시나 주문이 들어가 있지 않았다. 곧바로 나온 음식을 와타루와 분담해서 먹을 수 있는 만큼 욱여넣었다. 저녁 예약 시간 5분을 남기고 서둘러 라운지를 뒤로했다.

"아아, 급하게 먹어서 속이 좀 더부룩해. 저녁은 공복인 상태로 먹고 싶었는데."

올라탄 엘리베이터 안에서 불만을 토로하자 "괜찮아, 괜찮아. 유메가 못 먹으면 내가 먹을게" 하고 거나하게 취한 기색으로 와타루가 말했다.

그게 중요한 게 아니라, 라고 말하려다 관두었다. 집 밖에서만큼은 누군가와 입씨름을 하고 싶지 않았다.

호텔 내부에 자리한 가이세키(다양한 음식이 순서대로 담겨 나오는 일본식 코스 요리—옮긴이) 식당으로 이동했다. 일본 정원이 내다보이는 조용하고 차분한 분위기의 식당이었다. 벌건 얼굴을 한 와타루가 입구에서 이름을 말했고, 이내 자리로 안내받았다. 와타루는 여기서도 음료 주문을 받으러 온 점원에게 생맥주를 주문했다. 내게도 뭔갈 마시겠냐고 물었지만 차만 있으면 된다고 거절했다. 세팅된 물수건으로 손을 닦으며 테이블 위에 놓인, 일본 종이에 적힌 코스 메뉴 목록을 훑어봤다.

"튀김 맛있겠다"라고 들뜬 목소리로 말하는 내 앞에서, 와타루는 금방 나온 맥주를 마시며 기분 좋게 웃었다.

"처음엔 이탈리안 식당으로 할까 했는데 일식도 나름대로 괜찮네. ……그나저나 이렇게 차분한 데는 오랜만이다. 요새는 일이 바빠서 밥도 제대로 못 먹었거든."

"그렇게 바빠?"

"응, 말도 안 되게 바빠. 뭐, 아직 2년 차라 일이 많은 건 어쩔 수 없지만 말야. 다들 거쳐 가는 길이기도 하고. 선배한테 잔소리 듣는 건 그렇다 치는데, 이해가 안 가는 건 하청 업체에서 일으킨 문제로 내가 깨져야 한다는 거야. 이게 말이나 되는 일이냐?"

술에 취해 대범해진 모양인지 와타루는 평소보다 말투가 거칠었다. 나는 맞장구를 치며 대화 도중 나온 전채 메뉴, 초간장 조림과 참깨두부를 묵묵히 먹어치웠다.

"생각했던 거랑은 다르다고나 할까. 기껏 대기업에 취직했더니 고졸들이 할 법한 일이나 시키고."

와타루의 푸념은 끝없이 이어졌다. 술이 들어가면 평상시 쌓아둔 불만이 한꺼번에 분출되면서 기저에 깔려 있던 편견도 얼굴을 내비친다. 나는 흰살생선과 산초잎이 담긴 국그릇의 뚜껑을 열었다. 젓가락으로 건더기를 헤집어 김이 나는 맑은 국물의 바닥을 들여다봤다. 태어난 시대도 자라난 환경도 아예 딴판이건만, 와타루가 할망구와 닮았다고 느낄 때가 있다. 지기 싫어하고 자존심이 센 주제에 비굴한 면모를 가진 할망구는, 자기가 무지하고 무식하고 교양이 없는 걸 사회와 환경 탓으로 돌리며 살아왔다.

――우리 때는 춥고 배고픈 시절이라 먹고 사는 데만 급급했다. 더더구나 형제가 많았으니 학교나 제대로 다녔겠냐? 공부는 쳐다도 못 봤지.

그래서 나는 글씨도 쓸 줄 모르고, 책도 읽을 줄 모르고, 아무것도 할 줄 모른다――. 그렇게 자기가 못하는 일을 못하는 채로 방치해왔다. 변명이라는 갑옷으로 무장하고 남에게 기대며, 응석 부리며, 상처 입을 일이 없게끔, 상처 입을 수가 없게끔 처신해온 것이다.

"유메, 회는 어때? 맛있어?"

와타루의 목소리에 정신이 들었다. 비운 국그릇은 어느새 치워지고 눈앞에는 오징어며 참치 회가 올라간 신선한 모둠회가 있었다. 무와 오이가 장식된 화려한 비주얼을, 키이짱에게 사진 찍어 보낼까 망설이다 관두었다. 괜한 걱정일지 모르고 실제로 키이짱이 신경을 쓰는 기색도 없었지만 왠지 모르게 미안한 마음이 들어서였다.

아직 안 먹어봤어, 말하며 포개진 참치 회를 젓가락으로 떼어내 고추냉이를 푼 간장을 찍어 입에 넣었다. 먹으면서 할망구가 입원해 있을 때 마트에서 사 온, 할인 스티커가 붙은 모둠회를 떠올렸다. 그걸 먹을 때의, 볼을 부풀리며 맛있어하던 키이짱의 얼굴도.

"너무 맛있어. 저번에 할머니 입원했을 때, 퇴근하다 마트에 들러서 이런 모둠회를 사 갔었거든. 크고 둥그런 용기에 든 고급 모둠회. 엄마랑 둘이 먹으려고 샀어. 평소에는 잘 안 사는데, 운 좋게 할인 스티커가 붙어 있더라고. 먹어보니까 마트에서 파는 거라고 무시하면 안 되겠더라. 충분히 맛있었어."

연어를 차조기에 싸 먹으며 맞장구치던 와타루는, 고개를 들더니 의아한 표정으로 물었다.

"아무리 그래도 마트는 마트지. 이런 데서 나오는 신선한 회랑 같겠어? 마트 회라고 하면 보통 비린내 나는 이미지잖아."

"그게, 오랜만에 먹어보니 전혀 안 그렇더라고. 나도 어릴 때는 비려서 잘 못 먹었는데, 이번 거는 신선도도 괜찮았어. 뭐가 개량된 건가? 마트마다 다른 걸 수도 있겠지만."

"아니, 알지. 맛있는 건 나도 알아. 근데 딱 가격만큼의 맛이라고. 돈 얘기까진 하고 싶지 않았는데, 이 식당 꽤 비싼 데야. 크리스마스라서 힘 좀 써본 건데 마트에서 파는 거랑 동일시하는 건 좀."

납득이 안 간다는 표정으로 와타루는 고개를 갸웃거렸다. 그는 내 말을, 마트에서 파는 회가 지금 먹고 있는 이

고급 회 못지않다는 소리로 알아듣고 울컥한 것이었다. 나는 그가 쏟아내지 못한 외침을 속으로 흘려보냈다. 숙박비도 식비도 내가 내는 거니까 넌 그냥 너무 맛있어, 이렇게 맛있는 거 처음 먹어봐, 하고 웃으면서 날 기쁘게 해주면 돼——. 하지만 그런 건 내게 아무래도 상관없는 것이었다. 나는 그저 오랜만에 먹은 마트 회가 맛있었던 일이 생각나, 그 기쁨을 그와 공유하고 싶었을 뿐이다. 설거지가 귀찮아 간장과 고추냉이를 용기 뚜껑 위에 풀어놓고, 키이짱과 함께 회를 나눠 먹던 그 순간이 행복했다. 비교할 생각은 털끝만큼도 없었다. 이렇게 별것도 아닌 일을 사사건건 걸고넘어지는 와타루의 성격에 나는 내심 넌더리가 나 있었다.

이 이상 받아치면 싸우게 될 것 같아서 아무런 말 없이 남은 회를 삼켰다. 회 다음으로는 기대했던 벚꽃새우와 옥수수 튀김이 나왔는데, 어느 걸 먹어도 맛이 느껴지지 않았다.

"화났어?"

식사 도중 갑자기 말수가 적어진 내 기분을 살피듯, 와타루는 방에 도착하는 순간까지 몇 번을 물어 왔다.

나는 "아니"라고 정색한 얼굴로 답했다. 방에 돌아와 세면대에서 손을 씻고 넓은 침대로 뛰어들었다. 눈을 감아도 눈꺼풀 뒤편으로 느껴지는 불빛이 싫었다. 스웨터 소매를 걷어 올려 차가운 팔뚝을 눈꺼풀에 댔다. 서늘한 느낌이 기분 좋았다.

"……미안. 내가 뭐 기분 상하게 한 거면 사과할게."

머리 위로 와타루의 목소리가 쏟아졌다. 무시하고 있으니 내 몸을 사이에 두고 무릎을 꿇고는 조용히 몸을 붙여 왔다. 끈끈하고 뜨뜻미지근한 입김이 얼굴에 닿았다. 하지 말라는 말이 채 끝나기도 전에 입술이 부딪혔고, 아랫배가 강하게 밀어붙여졌다. 얼굴을 피하자 입술은 귀로 옮겨 갔다. 귓불을 잘근거리며 귓바퀴를 집요히 핥아대더니, 열을 띤 말랑한 혀를 귓속에 억지로 들이밀었다. 신음이 새어 나왔다. 발끝이 뒤엉키고 점막이 들러붙었다. 와타루가 옷을 벗었다. 이렇게, 모든 것이 적당히 매듭지어진다. 직전까지의 짜증도, 불만도, 화도, 입 밖으로 내뱉기 이전에 몸이 포개지고, 그렇게 해이해져 간다. 분노를 진득이 유지하지 못하고 파묻어야 할 곳에 파묻어 버린다. 그러나 작은 위화감과 초조함이 사라지는 건 아니다. 소화되지 않은 채로 마음속에 영영 머무른다. 어릴 적, 친구와 화해하는 데는 시간을 요했다. 할망구와는 속이 풀릴 때까지 서로를 물어뜯음으로써 분노를 방출해왔다. 와타루와 섹스를 해 일시적으로 억누른 감정의 응어리는, 이후 오랜 시간에 걸쳐 몸집을 불려갈 것이다.

와타루가 잠든 걸 확인하고, 나는 욕조에 물을 받아 목욕을 했다. 목욕 후 머리를 말리고 침대로 돌아와 보니 와타루는 일어나 있었다.

“깼어?”

“응, 지금 막.”

“잠 안 와? 목욕할래?”

“내일 아침에 할 거라 괜찮아. 뭔가 피곤한데 잠이 안 오네.”

와타루가 섹스를 한 번 더 하면 잠들 수 있을 것 같다기에 깨끗한 몸으로, 주름진 이불 위에서 또다시 몸을 포갰

다. 정사 후 코를 골 정도로 깊게 잠든 와타루에게서 떨어져, 목욕 가운을 걸친 채 책상형 화장대 앞에 앉았다. 가까이 있는 간접 조명을 켜고 가방에서 태블릿 PC를 꺼내 전원을 켰다. USB에 저장된 파일을 열어 쓰다 만 소설을 이어 썼다. 몇 달 뒤 응모할 문학상 마감일까지 어떻게든 완성하고픈 마음이었다. 한 시간쯤 썼을까. 시계를 보니 새벽 두 시였다. 졸리지는 않았다. 밤만 되면 머리가 맑아진다. 습관적으로 스마트폰을 열어 불특정 다수에게 공개된 아빠의 페이스북에 들어갔다. 아빠는 주요 SNS 중 LINE과 페이스북밖에 하지 않는다. 고향 친구나 직장 동료 등 가까운 지인들과 소통하기 위해 시작한 페이스북은 원래 새 게시물 없이 방치돼 있었는데, 재혼을 하면서 불규칙적이긴 해도 업데이트가 늘었다. 게시물 대부분이 아들의 성장 기록이며, 극히 드물게 새로 산 물건이나 먹은 음식, 실없는 일상 이야기 등이 사진, 링크와 함께 올라오곤 한다. 오탈자며 주술 관계가 불명확한 문장, 생뚱맞은 사진이 첨부된 게시물을 볼 때마다 나와는 상관없는 일인데도 어쩐지 조마조마했다. 한번은 오자 때문에 이상야릇한 문장이 된 게시물이 우스워 키이짱에게 보여 준 적이 있는데, 키이짱은 끝내 웃지 않았다.

최근 게시물은 아들이 축구 리프팅에 열중하고 있는 영상이었다. 즐거워 보이는 코우키의 웃음소리와, 횟수를 세던 아빠가 마지막에 손뼉을 치며 극찬하는 모습이 담겨 있었다. 좋아요가 열세 개. 댓글이 두 개. 스마트폰을 닫았다. 내게는 아빠와의 추억이 많이 없다. 초등학생 때는 일하느라 집에 거의 없었고, 중학생 때는 그의 불륜으로 집안이 풍비박산 나기 직전이었던 탓이다. 딱 하나 선명히 떠오르는 기억이 있는데, 그건 평소 화를 내지 않는 아빠가 화를 냈을 때의 일이다. 내가 막 중학생이 되었을 무렵이었다. 당시의 나는 아빠가 밖에서 딴 여자를 만나고 다니는 것도, 키이짱과 금전적인 문제로 옥신각신하고 있는 것도 모르고 있었다. 아무것도 모른 채, 퇴근하고 집에 온 아빠에게 출판사에서 보내온 피드백을 보여주며 상담을 요청했다.

"공동 출판 얘기가 나와서."

클리어파일에 든 A4 용지를 아빠 앞에 내려놓았다. 용지에는 내가 출판사에 보낸 소설에 대한 담당 편집자의 꼼꼼한 피드백과 공동 출판을 권하는 내용이 적혀 있었다. 당시의 나는 50매 이내의 짧은 소설을 겨우 쓸 수 있게 된 수준이었다. 문학상에 대해서는 문외한이고 출판 사정 또한 잘 모르고 있었다. 그저 검색어에 걸린 출판사 홈페이지의, 소설 작품을 상시 투고 받으며 편집자 눈에 들면 출판될 가능성도 있다는 글을 보고 별 기대 없이 보내봤는데 제대로 된 문서로 답변이 돌아온 것이었다. 기뻤다. 기뻐서 어쩔 줄을 몰랐다. 처음에는 등장인물의 작명 센스와 문장 구사력 등을 칭찬하며 젊은 인재라고 칭송하는 피드백에 들떠 있었고, 이내 공동 출판에 든다는 비용 내역을 보고는 마음을 접으려 했다. 그러나 싱숭생숭한 기분을 도저히 떨칠 수 없어 아빠에게 상담할 것을 결심하게 됐다. 당시 돈 관리는 주부인 키이짱 대신 아빠가 하고 있었다. 필요한 것, 원하는 것이 있으면 아빠의 허락을 받아야만 했다. 나는 어릴 때부터 욕심이 없는 아이였다. 부모에게 뭔갈 사달라고 조른 적이 거의 없었다. 그래서 부탁을 들어줄지도 모른다는 막연한 기대가 있었다.

아빠는 용지에 인쇄된 피드백을 클리어파일 너머로 힐끔 쳐다볼 뿐이었다. 그러곤 말없이 다 마신 츄하이(희석식 소주에 탄산수와 과즙을 섞은 일본 술—옮긴이) 캔을 찌그러뜨리더니 늘어지게 트림을 했다.

"……공동 출판이면 돈이 들잖아. 게다가 생초짜인 네 책을 편집자가 팔아주겠대? 됐다 그래라, 세상이 그렇게 호락호락한 줄 아냐. 너 지금 속고 있는 거야. 글쟁이 한번 되겠다고 목매는 녀석들은 사방 천지에 깔렸거든. 너 같은 건 봉으로 삼기 딱 좋지."

얼굴은 실실 웃고 있었지만, 세차게 떨고 있는 다리에서 아빠의 언짢음이 생생히 전해져 왔다. 평소 온순한 아빠는 돈 얘기만 나오면 엄격해졌다. 하필 심기가 불편할 때 이야길 꺼낸 것도 좋지 않은 선택이었다. 전날 밤, 완성한 소설을 집 프린터로 인쇄하다 들켜 타박을 들은 직후이기도 했다.

——그런 건 밖에 나가서 뽑아 와라. 종이랑 잉크 아깝게.

그럼에도 나는 이대로 물러설 수 없었다. 옆에서 듣고 있던 키이짱이 입을 떼려는 걸 가로막고 말을 이어갔다.

"제대로 된 출판사야. 여기서 공동 출판으로 책 낸 유명한 작가들도 많다고. 돈 드는 건 처음에만 그렇지 유명해져서 잘 팔리면 다 돌려받아. 자, 이거 봐, 읽어보라고. 편집자가 내 소설을 칭찬해주고 있어. 나는 작가가 되고 싶단 말야! 작가가 될 수 있다잖아?"

아빠의 손에 파일을 억지로 쥐여주며 설득을 시도했다.

"이게 보자 보자 하니까!"

파일이 내 얼굴 앞을 스쳐 바닥에 떨어졌다.

"네가 쓴 책을 누가 사겠냐고. 친척들이? 친구들이? 학교 선생들이? 용돈벌이 하겠단 것도 아니고, 일도 제대로 안 해본 애송이가 까불고 있어."

파일에서 삐져나온 용지들이 발치에 흩뿌려졌다. 나는 그것들을 움켜쥔 뒤 아빠를 쳐다보며 끈질기게 애원했다. 이대로 꺾여버리면 꺾이고 만 스스로를 평생 저주하게 될 것만 같았다.

"……아빠, 제발! 부탁이야!"

순간, 무슨 일이 벌어지고 있는 건지 알 수 없었다. 자리에서 일어난 아빠가 식탁 위에 있던, 내가 아끼는 문고본을 움켜잡았다. 그러더니 몸을 뒤로 젖히듯 양손에 힘을 실어 두 쪽으로 찢어버렸다.

"무슨 짓이야!"

나는 쇳소리를 내며 아빠에게 달려들었다. 눈물이 볼을 타고 흘렀다. 아빠는 내 말을 듣지 않았다. 책을 계속해서 찢어발겼다.

"그만해…… 내 책, 찢지 마……."

찢긴 종이들이 흩어진 바닥에 엎드려 나는 울었다.

"당신이 책만 보게 하니까 애가 허튼 꿈이나 꾸지!"

아빠는 막말을 내뱉고 거실을 나갔다. 대화를 듣고 있던 할망구가 내 곁으로 슬렁슬렁 다가와 바닥에 떨어진 종이를 줍기 시작했다.

"세상에, 책을 이리 찢어놓을 수가. 안 그러냐, 유메? 저놈은 꼭 뿔만 나면 저 지랄이다. 그래도 봐라, 요렇게 찢어진 종이를 테이프로 붙이면 읽을 수 있을 게야."

나는 대답하지 않았다. 고개를 떨군 채, 바닥에 이마를 비비대며 계속 울었다. 부적처럼 어딜 가든 들고 다니며 몇 번을 되읽은 책이었다. 할망구가 눈앞에 서서 티슈 상자를 내밀었다. 울지 말거라. 할망구는 말했다. 인제 뚝 그쳐.

"자, 다 주웠다. 유메, 이제 됐지?"

주워 모은 종잇조각을 내민 할망구의 손을 한 손으로 쳐냈다. 손에 있던 종이들이 떨어져 바닥으로 흩날렸다.

"뭔 짓거리냐, 기껏 주워줬더니마는. 좋을 대로 해라, 나는 모른다."

와타루의 잠꼬대에 정신이 들었다. 무슨 말을 하는지는 알아들을 수 없었다. 나는 조명을 끈 뒤 와타루가 자고 있는 침대 속으로 기어들었다. 몸을 붙이고, 느껴지는 온기에 안도했다. 와타루가 신음했다. 실눈을 뜨고 쳐다보기에 "나 때문에 깼어?"라고 물었다. 와타루는 고개를 젓더니 의아한 얼굴로 물었다.

"어라…… 유메, 계속 여기 있었어?"

"계속 있었지."

턱 밑에 얼굴을 묻으며 대답했다.

새해가 밝아 나는 스무 살이 되었다. 생일을 맞고도 스무 살이 된 것에 대한 특별한 감상은 없었다. 그저 또 한 살을 먹었구나, 생각할 뿐이었다. 초조함만이 더해졌다.

성년의 날은 공휴일이라 쉬는 날이었는데 거래처와의 미팅이 생겨 출근하게 됐다. 평소와 마찬가지로 아침 일찍 일어나, 출근 준비를 하고 회사로 갔다. 오전 중 회사 커피 머신이 고장 나 편의점으로 커피를 사러 가는 길, 성인식 복장을 한 사람을 여럿 목격했다. 알록달록한 후리소데(주로 성인식이나 졸업식 때 입는 기모노의 일종—옮긴이)에 목에는 하얗고 폭신한 숄을 두르고, 조리(일본의 전통 의상과 함께 신는 신발—옮긴이) 소리를 내며 걷는 모습이 눈부셨다. 젊고, 티 없이 맑은 미소로 빛나고 있었다. 그제야 비로소, 나는 이 사람들과 동갑이라는 사실에 생각이 미쳤다.

계산대에서 받은 컵을 기계에 세팅해 상사와 손님들 몫까지 총 여섯 잔의 커피를 내렸다. 컵에 담기는 순서대로 뚜껑을 덮고, 비닐 캐리어에 커피가 쏟아지지 않게끔 조심히 담아 편의점을 나왔다.

회사에 도착하니 입구에 낯익은 남자가 서 있었다. 내가 등록된 파견 회사의 담당자 세시타였다. 새해 인사를 하러 들른 게 바로 며칠 전이었다. 세시타는 가방을 겨드랑이에 끼고, 안쪽 상황을 살피듯 유리문 앞을 서성거리고 있었다.

"저기…… 안녕하세요."

뒤에서 말을 걸자 그는 약간 놀란 기색으로 가방을 고쳐 들곤 "안녕하세요"라고 굳은 표정으로 답했다. 30대 후반에 보통 체격. 뒷모습은 어디에나 있을 법한 평범한 회사원인데 정면에서 보면 아예 딴사람 같다. 까무잡잡한 피부와 뚜렷한 이목구비, 이국적이고 개성 강한 그의 생김새는 한번 보면 잊기 어려울 정도다.

세시타를 알게 된 지는 1년쯤 돼가며, 파견 회사와 거리가 가까워선지 청구서를 들고 오거나 내 근무 태도를 체크할 겸 간간이 얼굴을 비쳐왔다. 오늘은 그도 쉬는 날일 텐데, 어제 메일로 휴일 출근을 한다고 전하자 서류를 가지고 방문하겠다는 답장이 왔던 게 생각났다.

세시타가 회사에 올 때마다 나는 늘 경계 태세를 취한다. 그가 상대에게 긴장을 강요하는 듯한, 일거수일투족을 감시하고 있는 듯한 태도를 보이기 때문이다. 무엇보다 내 근무 태도가 그의 평가, 나아가 파견 회사의 신뢰로 이어진다는 것이 가장 큰 이유다. 그가 평소에 하는 일을 정확히 파악하고 있는 건 아니지만 기업과 파견 회사 중간에 끼여 난처한 일을 당하는 경우도 많을 것이다. 그러나 상대의 지위, 직함에 따라 태도를 돌변하는 모습이며 신경질적이고 가까이하기 힘든 그의 성격은 내게 여간 거북한 게 아니었다.

내 손에 들린 비닐봉지를 보고 세시타가 "심부름인가요?"라고 어린애에게 말하듯 물었다.

"네, 사무실 커피 머신이 고장 나서 편의점에 다녀왔어요."

"그렇군요. 그 옷은 뭐예요?"

세시타는 머리부터 발끝까지 샅샅이 훑어보곤 내가 입은 유니폼을 가리켰다. 그가 늘 오른손목에 차고 다니는 보라색 염주가, 정장 차림과는 너무도 안 어울려 그만 눈길이 갔다.

"아아, 회사에서 지급받은 거예요. 지난주부터 착용하고 있어요."

파견 초기에는 컴퓨터를 이용한 데이터 입력이나 서류 작성 같은 사무 업무가 주였으므로 사복을 입고 근무했었다. 그러다 점점 밖에서 손님을 응대할 기회가 많아졌고, 얼마 전 회사에서 갑자기 정규직과 동일한 유니폼을 제공해준 것이었다.

"정사원도 아닌데요?"

"요즘은 차를 대접하기도 해서, 사복 차림이면 안 되겠다고 판단하신 모양이에요."

"그렇군요. 감사 인사는 제대로 했나요?"

"네, 그럼요."

"회사분들이 잘 챙겨주시네요. 안심입니다."

말과는 달리 세시타는 내 유니폼 차림에 눈살을 찌푸렸다. 아마도 사후 보고를 한 점이 못마땅한 것이리라. 하지만 나로서는 유니폼 지급받은 것 하나까지 꼬박꼬박

보고해야 하나 싶은 생각이었다. 하기야 회사에 대한 불만이나 문제, 요청 사항이 있을 시 즉시 담당자인 세시타에게 보고하거나 상담하라고는 했었다. 그동안에도 가벼운 트러블이나 사소한 불만은 셀 수 없이 많았다. 좋은 면도 나쁜 면도 있지만, 그것들을 세시타에게 일일이 얘기하지는 않았다. 세시타 쪽에서 먼저 사장은 실제로 어떤 사람인지, 사내에서는 소문이 그리 좋지 않은데 실제론 어떤지 본심을 캐내려는 질문을 해 올 때도 있었다. 나는 적당히 받아넘기며 많은 이야긴 하지 않았다. 고용 계약은 파견 회사와 맺고 있어도 업무 지시를 받고 일상을 함께하는 건 회사 쪽 사람들이다. 세시타는 어디까지나 외부 사람이었다.

"네, 감사하게도요. ……저기, 추운데 들어오세요."

대화하며 세시타를 회사 안으로 들이려 했지만 그는 마다했다.

"오늘은 서류만 전달하러 온 거라 괜찮습니다. 이거, 부장님께 전해줄래요?"

고개를 끄덕이며 파견 회사 이름이 적힌 봉투를 받아

들었다.

"4월에 계약 갱신이니 그때쯤 또 들르겠습니다."

세시타가 돌아가고, 나는 서둘러 회사로 복귀했다. 편의점에서 사 온 커피를 손님들에게 내주고 나머지를 상사의 책상에도 두었다. 세시타에게 받은 봉투를 부장에게 건넬 때 계약 갱신 이야길 꺼냈다. 반년 전부터 희망해 온 정규직 전환을 다시 한번 요청했다. 정사원이 되면 급여가 오르므로 지금보다 형편이 좀 나아질 것이었다. 나는 초조해하고 있었다. 학벌도 없고, 업무에 도움이 되는 자격증도 기술도 없었다. 내가 가진 건 젊음뿐이었다. 젊음이란 가능성을 뜻한다. 나는 내 가능성이 사라져가는 걸 극도로 두려워하고 있었다. 그리고 언젠가는 사라져 갈 것에 매달리고, 두려워하는 스스로에게 공허함을 느꼈다.

할망구가 또다시 쓰러진 건 퇴원한 지 두 달이 지날 무렵이었다. 한밤중 쾅 소리가 들려와 화장실로 달려가 보니 할망구가 바닥에 쓰러져 있었다. 지난번 쓰러졌을 때와는 달리 의식은 있었고 키이짱의 부름에도 즉각 반응했다. 게워낸 흔적도 없었다. 하지만 제대로 가누지 못하는 몸은 희미하게 떨리고 있었다.

"구급차 부를까?"

키이짱이 내게 한 질문에 "아서라!"라고 할망구가 즉답했다. 쓰러진 원인은 모르겠으나, 몇 분 뒤 나와 키이짱에게 기대다시피 스스로 몸을 일으켰고 눈에 띄는 외상도 없었다. 선하품을 반복하는 것과 쓰러지면서 바닥에 오른쪽 머리를 세게 부딪친 것이 걱정이었다. 뼈도 약해진 상태라 약간의 충격으로도 골절이 될 우려가 있었다. 혈압과 체온을 잰 키이짱이 "오늘은 늦었으니 하룻밤 두고 볼까"라고 내게 말했다. 할망구의 혈압은 높지 않았고 체온도 정상이었다.

그날 밤은 할망구가 잠결에 볼일을 보러 가다 또 쓰러질 게 걱정돼, 키이짱과 교대로 일어나서 화장실에 같이 가주었다.

이튿날 아침, 할망구는 지난밤 일은 까맣게 잊은 듯 말짱한 모습이었다.

"어머님, 몸은 어떠세요? 아픈 데나 불편한 곳 없어요?"

키이짱이 아침으로 오렌지를 먹고 있는 할망구 옆으로 가, 귓전에 대고 큰 목소리로 말했다.

"아무 데도 안 아파. 팔팔하다."

말하면서 과즙이 잔뜩 묻은 손으로 리모컨을 집으려기에 옆에 있던 내가 빼앗아 대신 버튼을 눌렀다. 키이짱은 주간보호센터 직원이 오기 직전까지 할망구를 집에서 쉬게 할지 어쩔지 고민했다. 아무래도 어젯밤 쓰러졌던 일이 마음에 걸려서였다. 하지만 고민하는 사이 센터 직원이 도착했고, 키이짱은 직원을 현관 앞에 세워둔 채 어젯밤 쓰러진 사실, 현재 상태 등을 세세히 설명한 뒤 할망구를 보냈다. 키이짱과 직원이 대화를 나누는 동안 할망구는 혼자서 계속 세쓰분(입춘 전날 치르는 일본의 연례행사로, 도깨비를 쫓기 위해 콩을 뿌리고 그 콩을 자기 나이만큼 주워 먹는다—옮긴이) 이야길 하고 있었다. 퇴원하고 난 뒤부터 할망구는 점점 혼잣말이 많아졌다. 살짝 치매가 오기 시작한 건지도 몰랐다. 내가 악다구니를 써도 반응이 없어서 욕할 맛이 나지 않았다. 지금도 키이짱과 직원이 무슨 말을 하는지, 할망구는 요만큼도 못 알아먹고 있었다.

"마쓰시마 씨, 몸은 괜찮으세요? 만약 조금이라도 불편하면 바로 말씀하세요."

몸을 굽혀 천천히 말하는 직원에게 할망구가 싱긋 웃었다. 나와 키이짱에게는 절대 보이지 않는 미소. 아빠와 마찬가지로 남들에게는 한없이 다정하다.

"쪼금 있음 세쓰분이잖냐. 나는 콩을 내 나이만치 먹을 거다."

걱정하는 직원에게 할망구가 뚱딴지같은 소릴 했고, 그 자리에 웃음이 일었다.

택시에 태워 병원에 데려간 건 그날 밤이었다. 센터에서 돌아와, 저녁을 먹고 잠시 드러누워 있던 할망구는 먹은 걸 게워냈다. 구토 후에도 구역감이 가라앉지 않아 위통을 호소했다. 키이짱은 "속이 뉘엿거린다"라며 구역감을 호소하는 할망구의 얼굴에 세숫대야를 갖다 대고 등을 열심히 쓰다듬어줬다. 내가 택시를 불렀다.

지난번 입원한 병원에 응급 환자로 들어갔다. 간이침대가 늘어선 병실로 이동해 수액을 맞으며 의사의 처치를 기다렸다. 침대 간격은 좁고 양옆 커튼은 활짝 열려 있어서 환자들 상태나 간호사들 모습이 훤히 내다보였다. 간호사들이 상황을 교대로 체크하러 오는 동안에도 할망구는 해쓱한 얼굴을 한 채 위통과 구역감을 호소했다. 병원에 도착해서부터는 몸도 계속 떨고 있었다.

같은 병실에는 의사의 진단과 검사를 기다리는 환자들이 있었다. 연령도 성별도 증상도 제각각이었지만, 몇몇 환자는 대충 봐도 할망구보다 위독해 보였다. 할망구의 침대 대각선에 있는 환자는 몸을 어루만져주는 여성 보호자 옆에서, 껴안은 용기에 고개를 처박은 채 구토를 반복하고 있었다. 옆 침대에서 자고 있던 40대가량의 남성은 갑자기 상체를 벌떡 일으키더니 고개를 위아래로 격렬히 흔들며 괴성을 질러대기 시작했고, 달려온 간호사가 그를 침대에 강제로 내리눌렀다.

"하잔시."

불쑥 할망구가 귓가에 대고 말했다. 잠꼬대를 하는 듯한 어버버한 목소리였다. 무슨 말인지 몰라 되물으려는데, 옆에서 키이짱이 "화장실이요?" 하고 물었다. 할망구가 끄덕였다. 키이짱은 주위를 둘러보며 근처에 화장실이 있는지 찾았다.

"잠깐만 기다리세요. 간호사님한테 물어볼게요."

키이짱이 지나가던 간호사를 불러 세워 화장실에 가도 되는지 물었다.

"글쎄요…… 잠깐 기다리실래요? 선생님께 여쭤봐야 해요. 수액도 맞고 계시고, 화장실이 좀 멀어서 넘어지실 우려가 있거든요."

키이짱의 물음에, 젊은 간호사는 성가시다는 듯 빠른 어조로 답했다. 먼저 호출한 다른 환자가 있어서 서두르고 있는 모양이었다. 이마에 땀이 배어 있었다.

"어머님, 조금 더 참으실 수 있겠어요? ……괜찮으시겠어요?"

"못 참는다. 싸겠어."

말하면서 상체를 일으킨 할망구는 떨리는 손으로 이불

을 걷으려 했다. 할망구가 변의를 느끼고 있음을 알자마자 키이짱은 눈에 띄게 초조해했다.

"못 참으시겠대요. 제가 부축할 테니 같이 다녀와도 될까요?"

"잠깐 계세요. 지금 여쭤보고 올게요."

잰걸음으로 사라진 간호사는 금세 되돌아왔다. 세숫대야 같은 플라스틱 용기를 껴안고.

"지금 선생님 확인이 어려운 상태라서요. 죄송하지만 여기다 좀 해주실래요?"

"여기에요? 여기서 말인가요?"

간호사가 내민 용기에 키이짱은 당황한 목소릴 냈다. 짜증스럽다는 듯 간호사가 끄덕였다.

"침대 위에서, 더구나 이렇게 남들 다 보는 앞에서 볼일을 보라고요? 말도 안 되죠."

평소 온순하기만 한 키이짱이 웬일로 거칠게 반발하기에 깜짝 놀랐다. 그 말을 들은 간호사도 멋쩍은 듯 입을 다물었다. 그러곤 근처에 있던 간호사를 불러 세워 조용한 목소리로 도움을 청했다. 그 간호사는 금세 상황을 파악하고 화장실 가는 걸 허락해줬다.

"화장실 가셔도 괜찮아요. 수액 안 빼도 가실 수 있죠? 넘어지지 않게 조심하세요."

할망구는 몸이 아파선지, 아니면 볼일을 참고 있어선지 말수가 적었다. 물에 빠져도 주둥이만 동동 뜰 것 같은 할망구가 과묵해지니 걱정이 됐다. 침대에 앉은 할망구는 키이짱에게 팔을 부축받아 몸의 방향을 바꿨다. 작은 몸뚱이를 웅크린 채, 어둡고 깊은 바닷속에 발끝을 내딛듯 침대 아래 놓인 샌들로 발을 조심조심 뻗었다. 나이가 들면 세상과의 거리가 생긴다. 위태로운 거리다. 젊을 적엔 아무렇지 않게 오르내리던 계단 단차도, 거뜬히 손 닿던 부엌 찬장도, 지극히 일상적인 대화도 모조리 다 멀다. 하루하루 간극을 직면하고 있는 할망구는, 키이짱의 손을 빌려 그 거리를 메꾼다. 키이짱이 허리를 굽혀 할망구의 발에 샌들을 신겼다. 오른손으로 바퀴 달린 수액걸이를 기대듯 움켜잡고, 키이짱에게 왼손을 잡아끌린 채 할망구는 천천히 앞으로 나아갔다. 서글프리만치 작은 등이었다.

그날, 할망구의 입원이 결정됐다. 나와 키이짱은 일단 귀가했다가 다음 날 아침 일찍 다시 병원을 찾았다. 잠이 부족한 키이짱까지 컨디션이 나빠 보였으므로 나도 유급 휴가를 받아 짐꾼으로 따라갔다. 정규직 고용을 논의 중인 중요한 시기에 유급 휴가 따윈 받고 싶지 않았지만 어쩔 도리가 없었다.

병원에서 다양한 검사가 실시됐고, 쓰러진 원인은 스텐트가 막혀서가 아닌 균이 역류한 탓임을 알게 됐다. 키이짱은 항생제를 투여받아 몸이 회복된 할망구에게, 지금의 상태와 추후 일정을 여섯 환자가 모여 있는 입원실 구석에서 열심히 설명하고 있었다.

입원실 간호사들은 모두 할망구에게 친절했고, 병문안을 온 내게도 웃는 얼굴로 말을 걸어오곤 했다.

"참 다정하고 사랑스러운 할머니가 있어 좋겠네요."

네, 하고 웃음으로 받으면서도 나는 내심 납득이 가지 않았다. 할망구가 남들에게 칭찬받을 때마다 나는 납득할 수 없었다. 남들은 모른다. 집 안에서 벌어지는 일이야 알 턱이 없다. 할망구에 대한 남들의 평가는 나를 혼란하게 만든다. 내가 잘못된 건가. 둘 사이에 말싸움이 나는 건 할망구 잘못이 아니라 나에게 문제가 있어서고, 나는 인간으로서 무슨 엄청난 결함이 있는 것일까. 감정이 혼탁해, 영문을 모르는 채로 잘해줘야겠다는 생각을 한다. 머리로는 안다. 나이 든 사람에겐 친절을 베풀어야 한다는 걸. 어쨌거나 상대는 아흔 살이나 먹은, 제대로 걷지도 못하는 할머니다. 그런 생각을 하며 침대에 누워 TV를 보고 있던 할망구에게 갈아입을 옷 가져왔어, 라고 상냥하게 말했다. 할망구는 웃고 있었다. 나를 보고 웃고 있었다. 나도 웃어 보였다. 무슨 말이라도 해야 한다는 생각에 머리를 열심히 굴리고 있으니 할망구가 먼저 입을 뗐다.

"어째 네가 왔냐. 오늘 일 가는 날 아니냐?"

나는 고개를 가로저었다.

"한가한 회사구먼. 할 일이 그리 없냐? 뭐 하는 회사인지는 몰라도, 여기 와서 빈둥거리고만 있음 금방 잘릴 게다."

"무슨 말을 그렇게 해. 할머니 때문에 일부러 시간 내서

온 건데."

"뭐라고?"

할망구가 되물었지만 주위 시선이 신경 쓰여 더 큰 소리를 내기는 꺼려졌다. 같은 말을 두 번씩 하기는 싫었다. 여긴 병원이고, 할망구는 환자였다. 분한 마음을 안고 병실을 나왔다. 말로 하지 않으면 전달되지 않는데, 나는 언제나 말로 하기 이전에 단념하곤 한다. 어차피 내 감정 따윈 모른다, 내 본심이 전해질 리 없다고 단정하며 전달하고자 하는 노력을 게을리해왔다. 언젠가, 이 나태함으로 인해 값비싼 대가를 치를 것만 같은 예감이 든다.

할망구가 병실 침대에서 떨어졌다는 얘길 들은 건 입원하고 며칠이 지나서였다. 나는 일하는 중이었고, 오전에 병원 호출을 받은 키이짱으로부터 연락이 와 있었다. 어제저녁 침대에서 떨어져 뼈가 부러졌단다. 일이 끝나자마자 나도 병원으로 향했다. 먼저 와 있던 키이짱이 왼손목에 깁스를 한 할망구 앞에서 상황을 설명했다.

"침대 끄트머리에서 기저귀를 갈려다 뒤로 넘어가셨대. 한 바퀴 구르신 모양이야."

"한 바퀴 굴렀다고?"

"응, 하필이면 새 기저귀를 차려다 떨어져서 속옷도 안 입으신 상태로. 남들이 다 쳐다봐서 창피하셨대. 떨어질 때 손을 잘못 짚어서 왼쪽 손목이 골절됐고, 오른쪽 발목도 접질렸다더라고. 그래도 이만하시길 다행이야. 입원은 길어졌지만, 만약 다리까지 부러졌으면 걷질 못해서 더 힘드셨을 테니."

할망구가 침대에서 자빠지는 모습을 상상했다가 나는 그만 웃음을 터뜨리고 말았다. 웃으면 안 된다는 걸 머리로는 아는데 멈출 수 없었다. 평소 욕지거리만 해대는 밉살맞은 할망구가 남들 앞에서 추태 부리는 모습을 상상하니 우스꽝스럽다는 생각만 치밀었다. 다행히 자주 쓰는 손이 골절된 게 아니라 밥 먹는 데도 문제가 없다. 이 정도로 끝나길 천만다행이라는 안도의 웃음이기도 했다.

9일간의 입원 중 아빠는 딱 한 번 얼굴을 비쳤다. 병원에 들르겠다고, 웬일인지 먼저 나서서 연락해 왔으므로 내가 일을 쉬는 날, 키이짱이 일을 나가는 시간대를 골라 전달해뒀다.

그날 당일, 아빠가 나보다 먼저 와 있는 게 놀라워 "오늘은 안 늦었네"라고 비꼬아 말했다.

"나는 할 땐 하는 남자야. 그나저나 난감해 죽는 줄 알았어, 병실을 착각해서."

들뜬 기색으로 익살맞게 말하더니 이거 받아, 하며 과일 바구니를 건네 왔다.

"웬일로 이런 센스 있는 짓을 다 한대."

이제껏 할망구를 위해 뭘 사 오는 꼴을 못 봤으므로 나는 더더욱 놀랐다.

"야, 야, 나 원래 센스 있는 남자야. 이제 알았냐?"

자기 농담에 저 혼자 피식대는 아빠와 함께 병실로 들어갔다. 슬며시 커튼을 젖히자, 눈을 감고 있던 할망구가 우릴 대번에 알아챘다.

"유이치!"

아빠 얼굴을 보자마자 눈을 번쩍이며 상체를 일으켰다.

"네가 여기 웬일이냐."

"엄마 쓰러졌단 얘기 듣고 걱정돼서 왔지. 뼈까지 부러

졌대서 얼마나 애가 타던지. 이렇게 깁스하는 것도 처음이잖아. 안 아파?"

"이제 안 아프다. 별안간 자빠져서 나도 어찌나 놀랐나 몰라. 참말이지 늙으면 답이 없다. 여기고 저기고 성한 데 하나 없어. 접골원이니, 이비인후과니, 피부과니 안 다니는 병원이 없고. 하다 하다 입원해 있는 마당에 뼈까지 부러지니 원. 그래도 네 얼굴 보니 좀 살 것 같다. 유이치, 오늘 쉬는 날이냐? 너는 일도 바쁜 애가 여긴 뭣 하러 와."

"괜찮아, 엄마가 걱정할 거 없어. 엄마는 엄마만 생각해. 알았지? 나을 생각만 해."

아빠는 할망구의 오른손등을 어루만지며 말했다. 둘의 대화가 어처구니없어 나는 중간에 끼어들었다.

"할머니, 이거 아빠가 가져왔어. 맛이라도 볼래? 먹을 거면 까주고."

"엑! 아이고야, 내가 과일 먹고 싶었던 건 어찌 알고. 어디서 사 왔냐? 비싼 거지?"

할망구는 말하고 있던 내게는 눈길조차 주지 않고 아빠에게 질문했다. 생기를 되찾은 듯 뺨에 홍조를 띤 채 밝은 표정으로. 기분 탓인지 굽은 목마저 꼿꼿이 펴진 것처럼 보였다. 나나 키이짱과 있을 때보다 훨씬 행복해 보였다.

"그렇게 안 비싸. 엄마 먹으라고 사 왔어, 기운 차리라고."

"착하기도 해라."

노래하듯 할망구는 말했다.

"사오리도 평소에 이것저것 잘 사다 주잖아."

"걔는 내가 먹고 싶다는 거 사다 주는 꼴을 못 본다."

이때다 싶었는지 할망구는 아빠를 앞에 두고 키이짱에 대한 불만을 터뜨렸다. 키이짱이 할망구가 말한 음식을 사주지 않는 건 할망구의 건강을 염려하기 때문이다. 실제로 과식을 하다 구토까지 한 적이 한두 번이 아니었다. 용돈을 주면 음식을 끝도 없이 사다 먹어서, 돈을 주는 대신 원하는 게 있으면 키이짱에게 요청하도록 말해두었다. 먹을 자유를 제한받는 것이 할망구가 가진 불만의 대부분을 차지하고 있었다.

"뭐래, 맨날 할머니가 좋아하는 거 만들어주잖아."

옆에서 끼어든 내 말을 무시하고 할망구는 계속 지껄

였다.

"손톱은 또 어찌나 못 자르는지, 내 살까지 잘라대서 아파 죽겠어."

정말이지 짜증스럽다는 얼굴로 할망구가 투덜거렸다. 키이짱 욕 좀 그만해, 라고 나는 남들이 보든 말든 소리쳤다.

"얼마나 애쓰는지 몰라서 그래? 죽어라 뒷바라지해주잖아. 할머니는 이제 생판 남인데도 데리고 사는 건데 고마운 마음이 안 들어? 응? 아빠는 할머니한테 밥 한번 안 차려줘. 화장실도 같이 안 가주고, 간병도 정성 들여 안 해준다고. 할머니를 위해 화내고 울어주는 건 키이짱밖에 없어. 이 인간이 하는 거라곤 이렇게 어쩌다 한번 얼굴 비치고, 듣기 좋은 소리나 해주고, 비위 맞춰주는 거밖에 없다고. 근데 왜."

목소리가 드높아졌고, 내가 울고 있다는 걸 깨달았다. 나는 무력했다. 제대로 된 말로 전달하기 이전에 감정이 격해지고, 머릿속이 뒤죽박죽되어 울고 만다. 나는 나를 저주했다. 내 엄마를, 이딴 할망구가 짓밟아대는 꼴을 보고도 왜 지켜주지 못하는 걸까. 아랫입술을 꾹 깨물었다.

"울기는 왜 울어."

할망구가 성가시다는 듯 미간을 모은 채 내 얼굴을 들여다보며 말했고, 아빠도 그에 동의했다.

"그러게 말이야. 유메, 진정해. 자, 이걸로 얼굴 닦아. 콧물 나왔어."

아빠가 내민 티슈를 받아 들어 코를 풀었다. 할망구가 내게서 얼굴을 돌리고 토라진 듯 구시렁댔다.

"애는 제 엄마밖에 몰라서, 제깍하면 요렇게 엄마 편만 든다니까. 무슨 소릴 해도 나만 못된 년이 돼."

감정이 격해진 내가 또다시 받아치려니 싶었는지, 아빠가 얼굴을 들이밀어 귓속말했다.

"노인네잖아, 적당히 받아주고 끝내. 일일이 다 진심으로 상대하면 피곤해."

냉랭한 목소리였다. 갑자기 아빠와 나 사이에 벽이 느껴졌다. 아빠는 내게 이제 외부인이었다. 익히 보아온 남이었다.

"맞다, 엄마. 코우키 얼굴이나 좀 보거라."

흐느껴 우는 내 옆에서 아빠가 할망구 말투를 흉내 내며 스마트폰을 꺼냈다. 침대 옆 협탁에 팔꿈치를 괴더니 할망구에게 화면을 들이댔다.

"코우키 사진? 어디 보자…… 호오, 못 본 사이에 아주 훌쩍 컸구먼그래. 이거는 뭘 하고 있는 거냐?"

"백 텀블링. 요즘 푹 빠져 있거든."

"이거는 뭐고?"

"그건 축구 리프팅 연습. 왜, 나도 옛날에 했었잖아."

보기 편하도록 아빠가 화면을 손가락으로 확대했지만, 할망구에게는 스마트폰 크기 자체가 작게 느껴지는 모양이었다. 얼마간 실눈을 뜬 채 얼굴을 갖다 대더니 이내 체념한 듯 화면에서 눈을 뗐다.

"사진이 쪼끄매서 잘 모르겠다만 똘똘하게 잘 자란 모양이구먼, 운동 신경도 좋고. 벌써 초등학교 2학년이냐…… 그 나이대면 한창 밖에서 뛰어놀 때지."

"코우키는 밖에서 노는 것도 좋아하는데, 집에서 게임하는 것도 좋아해. 가만 놔두면 끝도 없이 해대서 엄마한테 자주 혼나지."

"게임 말이냐? 유메 어릴 때도 집에 있었잖냐. 그거 어디 놔뒀냐? 아직 있음 코우키 주면 되겠구먼."

대답하기도 신경질 나 나는 입을 다물고 있었다. 그러거나 말거나 할망구는 말을 이었다.

"내 연금만 있으면 코우키한테 게임 한두 개쯤 사줄 수 있거늘. 사오리가 갖고 있어서 그러지도 못한다. 가진 돈이 없어 서러워."

"마음만으로도 충분해. 엄마는 건강하기만 하면 돼."

아빠는 스마트폰을 닫고 능청스러운 말을 늘어놓았다. 그 말이 할망구에게는 다른 무엇보다도 기쁘다는 걸 알기 때문이었다. 울음이 그친 나는 티슈를 버리고 먼저 병실을 나왔다.

병문안을 끝내고 아빠가 또다시 식사를 권했지만 내키지 않아 거절했다. 집까지 태워다 준다고도 했는데 그 또한 거절하고 병원 앞에서 헤어졌다. 집까지 택시를 타고 갈지 병원 근처 역까지 걸어가 전철을 타고 갈지 고민하는 사이 무심코 역 가는 길을 따라가고 있었다. 가는 도중 역 앞 쇼핑몰 지하에 자리한 마트에 들렀다. 신선식품, 건

조식품, 냉동식품 코너 등 마트 안을 한 바퀴 빙 돌며 장바구니에 물건을 담았다. 계산을 마치고, 카운터에서 물건들을 담다가 키이짱이 좋아하는 컵 아이스크림을 산게 생각났다. 부랴부랴 계산대로 돌아가 드라이아이스기계용 동전을 받았다. 키이짱은 평소 단것을 잘 먹지 않는데, 아이스크림만은 계절과 상관없이 즐겨 먹는다. 시중에 흔히 파는, 유지방 함량이 낮은 저렴한 아이스크림이든 가격대가 좀 있는 아이스크림이든 사 가기만 하면 무조건 기뻐한다.

두 손에 빵빵해진 비닐봉지를 들고 에스컬레이터를 탔다. 1층으로 올라가니 바로 앞에 문구점과 잡화점 등이 있었고 그 옆이 서점이었다. 할망구가 입원 중일 때만 들르는 역이라 쇼핑몰 안에 서점이 있는 줄도 모르고 있었다. 비닐봉지를 고쳐 들고, 서점 간판에 이끌리듯 걸음을 옮겼다. 서점에 들어서자마자 신간 코너에서 발견한 좋아하는 작가의 신작을 주저 없이 손에 들었다. 계산대로 들고 가던 중, 잡지 코너 옆에 진열된 문예지가 눈에 띄었다. 내가 작년에 응모한 문학상의 이름을 발견하고 집어 들었다. 목차에 적힌 예심 통과작이라는 글자에 돌연 심장 박동이 거세졌다. 이번 달 초에 막 발간된 문예지였다. 응모한 날부터 잊어버리자 싶으면서도 머리 한구석에 줄곧 자리하고 있던 문학상 결과는, 어느덧 분주한 나날 속에서 온데간데없이 사라져 있었다. 황급히 두 손에 들고 있던 비닐봉지를 발밑에 내려놓고, 들뜬 마음을 가라앉히듯 신중히 페이지를 넘겼다. 2차 심사 통과자 지면에 적힌 응모 시의 제목과 필명을 확인한 순간, 나도 모르게 탄성이 새어 나왔다. 총 천이백구십 작품 중 2차 심사를 통과한 건 스물일곱 작품이었고, 그중 하나가 내 소설이었다. 한 번 본 것으로는 믿기지 않아 목차 페이지로 되돌아가 또 한 번 보았다. 틀림없이 내 이름이었다. 흥분감으로 손에 땀이 배어 있었다. 너무 세게 움켜쥔 탓에 꾸깃꾸깃해진 페이지 모서리를 손가락으로 누르며, 나는 한동안 그 자리에 얼이 빠진 채로 서 있었다.

서점을 나와 집에 도착했을 때는 마트에서 장을 본 지 한 시간 반이 지나 있었다. 녹아서 물렁해진 컵 아이스크림을 냉동실에 쑤셔 박은 뒤, 구입한 문예지를 들고 저녁 준비 중이던 키이짱 곁으로 달려갔다.

"키이짱, 나 2차 심사 통과했더라고. 작년에 보낸 문학상 그거."

감정이 고조된 탓인지 목소리가 떨렸고, 말투가 어색했다. 키이짱은 순간 당황한 표정을 보였지만, 문예지를 펼쳐 보이자 "어머, 세상에나. 유메가 드디어 소설가가 된 거야?" 하고 기쁨을 드러냈다. 젖은 손을 앞치마에 닦으며 거실 의자에 걸터앉더니 펼친 페이지를 진지한 눈으로 바라보았다. 그러곤 거기 적힌 글씨를 손가락으로 따라갔다.

"아냐, 아냐. 2차 심사만 통과한 거야."

"그래? 등단한 건 아니고?"

"응. 등단은 상을 받아야만 할 수 있어."

내겐 당연한 사실을 모르는 사람에게 설명할 때, 그 사실이 새삼 명료해지는 감각이 싫었다.

"그치만 통과한 것만으로도 대단한 거잖아? 봐봐, 이름이 실렸는걸. 책에 이름이 실리다니 정말 대단해. 유메는 재능이 있는 거야."

키이짱은 흐뭇해하며 예심 통과자 지면에 포스트잇을 붙이고, 내 소설의 제목과 필명에 형광펜을 그었다. 키이짱에게는 문학상 예심을 통과한 일이 내가 어린이집에 다닐 때 선생님에게 젓가락질을 칭찬받은 일, 중학생 때 쓴 글이 대회에서 입상했던 일과 크게 다를 바 없는 것이다. 키이짱은 내가 등단을 하든 말든 상관없이, 아무리 사소한 일일지라도 딸이 인정받았다는 사실 그 자체에 만족하고 있었다. 키이짱은 미지근했다. 어떤 일에건 미적지근했다. 이 무던하고 미온수 같은 애정에 잠겨 있다가는 지금의 생활에서 영영 벗어날 수 없을 것 같았다.

"할머니께도 말씀드려야겠네. 분명 기뻐하실 거야."

"그 인간한테는 얘기할 거 없어."

"왜?"

키이짱은 나를 의아한 듯 올려다봤다.

할망구가 무사히 퇴원하고 며칠 후, 한 달에 한 번인 방문일에 맞춰 담당 케어 매니저가 찾아왔다.

"입원해 계시는 동안 고생 많으셨네요. 그래도 많이 다치시지 않아 다행이에요. 그 후로는 무슨 곤란한 일 없으셨나요?"

키이짱이 귀가 어두우셔서 걱정이라고 말하자, 그에 덧씌우듯 옆에 앉아 있던 할망구가 입을 뗐다.

"보청기를 끼면 잘 들리련만, 그리 비싼 걸 사달라기는 사오리한테 영 못 할 짓이라. 돈 걱정은 말래도, 내가 속 안 쓰고는 못 배기는 성미거들랑."

할망구는 점잔 뺀 목소리로 떠들더니, 입을 떼려는 키이짱을 가로막고 "그나저나 그쪽은 인물이 참 좋구려" 하고 히구치 씨의 외모를 칭찬했다. 나는 셋에게 차를 내주는 김에 내 몫도 따라서, 스마트폰을 만지는 척하며 자연스럽게 거실에 앉아 있었다. 지난번 키이짱이 밖에서 사온 다과를 내준 적이 있는데 히구치 씨는 손도 대지 않았었다.

——죄송하지만 이런 건 못 먹게 돼 있어서요. 마음만 받겠습니다.

할망구는 그에게 호감을 갖고 있었다. 윤곽이 뚜렷하고 반듯한 얼굴을 한 히구치 씨가 누굴 닮은 건지 아리송했는데, 최근에서야 얼굴이라기보다는 분위기가 아침 뉴스를 진행하는 남자 아나운서와 닮았다는 걸 깨달았다. 차분한 말투와 나긋한 태도가 뉴스 대본을 읽는 아나운서와 똑 닮았다. 결혼을 했고, 중학생 아들과 초등학생 딸을 둔 아빠라는 정보는 할망구가 캐묻는 바람에 알게 됐다.

할망구는 남자 앞에 있으면 급격히 회춘한 양 유달리 들뜨는 경향이 있는데, 히구치 씨는 특히 더 호감인지 올 때마다 같은 레퍼토리로 칭찬하곤 한다. 처음에는 겸손을 차리던 히구치 씨도 매번 칭찬받다 보니 어느새 순순히 받아들이게 됐다.

"마쓰시마 씨, 항상, 칭찬해주셔서, 감사합니다."

히구치 씨는 느릿하고 정확하게, 커다란 목소리로 끊어 말하며 할망구에게 감사 인사를 했다.

"참말로 훤칠하니 그렇지. 눈썹도 남자답고, 인물 참 좋아."

"너무 그러시니 쑥스럽네요."

키이짱과 얼굴을 마주 보며 웃는 히구치 씨에게 할망구는 몸을 앞으로 기울여 "히구치 씨, 이 애는 어떻수?" 하고 옆에 앉은 키이짱을 턱으로 가리켰다. 나는 또 시작이네, 생각하며 차를 호로록댔다. 할망구는 히구치 씨가 기혼자인 사실을 잊어먹고 매번 키이짱과 짝을 지어주려 든다. 설령 기혼자가 아닐지라도 키이짱 입장에서는 쓸데없는 오지랖인 데다 실례되는 행동이었다. 히구치 씨가 겸연쩍은 듯 설명했다.

"마쓰시마 씨, 저, 결혼했어요."

히구치 씨가 왼손 약지에 낀 결혼 반지를 보여주자 "에구머니나" 하며 호들갑스레 몸을 젖혔다.

"그랬구먼, 나야 몰랐지. 객쩍은 소릴 했네."

"어머님, 전에도 말했잖아요. 히구치 씨는 자녀분도 계세요, 둘이나요. 그건 기억나세요?"

키이짱이 할망구가 앉은 의자 등받이에 손을 얹으며 귓전에 대고 천천히 말했다. 그러나 할망구는 키이짱이 하는 말을 귓등으로도 듣지 않았다. 할망구는 귀가 그냥 안 들리는 게 아니고 듣고자 하는 것과 듣지 않으려는 것을 취사선택하는 것이므로 악질이라고 볼 수 있다.

"모처럼 괜찮은 사윗감을 찾은 줄 알았건만. 얘는 딱하게도 서방이 집을 나갔어. 딴살림을 차려버렸지. 그래도 아직 젊잖수? 나이 먹는 건 한순간이거늘, 그 전에 내가 얘 임자를 좀 찾아주려고."

"……마쓰시마 씨는, 다정하시네요. 그래도, 좋으시겠어요. 마쓰시마 씨 곁에, 이렇게 착한 며느님이 계시니까요. 손녀분도 계시니, 쓸쓸하지 않으시죠?"

"며느리가 아니야. 얘는 며느리가 아니라 딸, 내 딸내미. 쓸쓸하지는 않은데, 손녀는 나한테 욕지거리만 해댄다오. 나는 아들내미도 있어. 등신 같은 아들놈. 집 나가서 안 돌아오는 꼴통 아들. 그래도 얼굴은 우리 영감 닮아서 나쁘지 않다오. 영감은 이미 죽고 없지마는. 눈이 또랑또랑하고 코가 오뚝하지. 키도 커다래. 한데, 아무리 그래도 그쪽만큼 훤칠하지는 않수."

할망구는 남들이 키이짱을 며느리라고 말하면 딸이라고 정정하려 든다. 노망이 나서 그런 건 아니다. 그냥 딸이라고 주장하고픈 것이다. 그 이유는 키이짱도 나도 모른다. 할망구가 종잡을 수 없는 짓을 해대는 게 하루 이틀 일도 아니므로 진지하게 상대해줄수록 시간 낭비일 뿐이다.

한 시간 정도 대화를 나누다 히구치 씨가 자리에서 일어났다. 할망구도 일어섰다.

"마쓰시마 씨, 그냥 계셔도 괜찮아요. 감사합니다."

현관까지 배웅하려는 할망구를 히구치 씨가 말려도 할망구는 혼잣말을 중얼거리며 들을 생각을 안 했다. 기어이 히구치 씨를 뒤쫓듯 현관까지 어기적어기적 걸어 나간 할망구는 퍼뜩 생각난 듯 소리쳤다.

"잠깐 기다려. 내 정신 좀 보게, 까맣게 잊고 있었구먼. 여기 잠깐 있거라."

할망구는 저 혼자 거실로 돌아갔다. 그러더니 자기가 먹다 남긴, 눅눅한 쌀과자가 든 봉지를 들고 느릿느릿 되돌아왔다.

"이거 가져가쇼. 기껏 와줬는데 아무것도 못 내주니 미안해서. 이 쌀과자, 달짝지근하고 짭조름해서 맛이 좋아."

봉지를 내미는 할망구의 손을 키이짱이 막았다.

"어머님, 히구치 씨는 일하러 오신 거라서——."

"마쓰시마 씨."

히구치 씨가 키이짱 대신 허리를 굽히곤 할망구의 눈높이에서 상냥하게 웃었다.

"마쓰시마 씨, 감사합니다. 정말 기쁘지만, 이런 건, 못 받게 돼 있어요. 마음만 받을게요."

그런데도 고집 센 할망구는 물러나지 않았다. 느슨해진 고무줄로 묶은 쌀과자 봉지를 히구치 씨 외투 주머니에 억지로 쑤셔 넣으려 했다.

"어머님, 안 돼요. 히구치 씨 곤란하시게."

"안 되긴 뭐가 안 돼. 내가 그러겠다는데."

현관 앞에서 실랑이가 이어졌다. 하는 수 없이 키이짱이 둘 사이를 비집는 틈에 히구치 씨가 집을 나갔다. 마쓰시마 씨, 또 올게요, 말하며 활짝 열린 현관문에서 천천히 멀어져 갔다.

아빠와의 연락이 끊긴 건 할망구가 퇴원한 지 한 달쯤

지날 무렵이었다. 매달 내 계좌로 들어오는 생활비가 입금되지 않아 LINE으로 재촉했는데 일주일이 지나도 읽지를 않았다. 전화를 걸거나 문자를 보내봐도 아무런 응답이 없었다. 집 주소를 알고 있긴 했지만 거기까지 찾아가기는 영 꺼려졌다. 전에도 한 번 입금이 갑자기 밀린 적이 있는데, 그래도 그땐 연락이 안 되지는 않았다. 곧바로 키이짱에게 가서 보고하니 조금 더 기다려보자는 대답이 돌아왔다.

"조금이 얼마큼인데?"

"한 달 정도? 일단은 좀 더 기다려보자. 그냥 일이 바빠서 그런 걸 수도 있으니까."

"아니야! 그 인간은 그냥 무시하고 있는 거야. 돈 보내기 빠듯해서 일부러 피하는 거라고. ……저번에 병원 왔을 때, 뭔가 좀 이상하다 싶었어. 평소에는 코빼기도 안 비치면서 웬일로 과일 바구니까지 사 들고 왔거든. 이대로 계속 잠수 타면 어쩌지?"

"괜찮아. 엄마가 어떻게든 해볼게."

키이짱은 그 자리에선 씩씩하게 대답했지만, 아빠의

연락이 오지 않자 상태가 조금씩 이상해졌다. 한밤중 난데없이 내 방에 찾아와 이불 옆에 무릎을 꿇고는 "유메, 천 엔만 빌려줄래?"라는 부탁을 해 왔다.

"천 엔?"이라고 나는 웃으며 되물었다. 대단한 액수도 아닌데 새삼 정중히 부탁하는 모습이 웃겼다.

천 엔쯤이야 언제든 빌려줄 수 있지, 말하며 가방에서 지갑을 꺼내 지폐 한 장을 빼 들었다. 두 손으로 공손히 받아 든 키이짱은 고맙다는 말만 하고 몸을 웅크리듯 고개를 떨궜다.

"왜? 부족해? 만 엔도 있어. 동전이 필요해서 그래?"

키이짱은 미안쩍은 듯 웃으며 고개를 가로저었다. 그러더니 "가능하면" 하고 숨을 크게 들이마셨다.

"만 엔으로 해도 될까?"

나는 더 이상 웃을 수 없었다.

퇴원 후에도 골절 부위의 경과를 살피느라 키이짱과 함께 정형외과에 다니던 할망구는, 보름 후에는 왼손목 깁스를 풀고 부목을 대어 고정하게 됐다. 한 달이 넘은 지금은 재활 치료를 위해 정형외과를 다니고, 정기 검진을 받으러 대학 병원도 오가고 있었다. 엑스레이를 찍거나 검사를 받는 동안 키이짱은 늘 대기실에 앉아 오랜 시간을 기다려야 했다. 일터와 병원을 오가는 생활로 인해 집에 와서는 녹초가 되어 늘어져 있는 일이 많아졌다.

병원이라는 곳은 환자건 보호자건 그저 그곳에 가 있는 것만으로도 영문을 알 수 없는 피로감이 쌓인다. 심지어 키이짱은 의사의 이야기를 듣고, 할망구가 화장실을 갈 때마다 따라가고, 몇 종류나 되는 약의 설명을 들어야만 한다. 다니는 병원이 많아질수록 심신의 부담이며 지출이 늘어나는 건 당연한 일이었다.

작은 변화는 키이짱의 몸에도 일어나고 있었다. 어느 날 아침, 식탁에 앉은 키이짱의 얼굴을 본 나는 나도 모르게 소리쳤다.

"키이짱, 거기 왜 그래?"

"응?"

"얼굴 말이야. 뭐가 났어, 뾰루지처럼."

키이짱의 왼뺨에 동그랗고 커다란 습진 같은 것이 생

겨 있었다. 여드름이나 벌레 물린 상처는 아니었다. 키이짱은 원체 피부가 약해 약간의 마찰로도 금세 빨개지곤 하지만 그런 자국과는 또 달랐다.

"아아, 이거? 2, 3일 전에 작은 뾰루지 같은 게 났는데, 오늘 아침에 거울 보니까 조금 커졌더라고. 그냥 놔두면 가라앉을 거야."

본인은 아무렇지도 않은지, 크게 개의치 않는 기색으로 할망구의 낫토를 젓가락으로 휘저어주고 있었다.

"백 번 젓거라, 사오리. 백 번 저어야 좋다고 테레비에서 그랬다."

할망구의 지시에 고개를 끄덕이는 키이짱의 얼굴을 다시 한번 쳐다봤다. 처음 보는 형태의 피부염은 멀리서 봐도 눈에 띄었다. 한번 신경 쓰이니 거기에만 눈길이 갔다.

"안 가려워?"

"조금 가려워."

"스트레스 때문 아냐? 병원 한번 가봐."

키이짱은 낫토 젓는 손을 멈추지 않고 고개를 가로저었다. 가까이 가서 얼굴을 들이밀고 키이짱 뺨에 난 부스

럼을 관찰했다. 도넛 같기도 한, 튜브 같기도 한 원형 테두리가 빨갛게 솟아 있고, 중앙은 허옇게 패어 있었다. 얼굴에 괴상한 습진이 생긴들 제 일엔 무심하기만 한 키이짱. 그 태평한 반응에, 처음에는 걱정이 들던 내게도 그 부스럼이 달리 보이기 시작했다. 보면 볼수록 다른 무언가가 떠올랐고, 급기야는 몬자야키(묽게 반죽한 밀가루에 다양한 재료를 첨가해 졸이듯 익혀내는 일본 음식으로, 조리 시 각 재료를 으깨어 가운데를 둥글게 판 뒤 밀가루 반죽을 붓는다—옮긴이)를 닮았다는 생각을 했다. 짓무른 테두리는 재료로 쌓은 둑이고, 가운데의 하얗게 팬 부분은 부은 반죽으로 보였다. 그렇게 말하니 키이짱은 역시나 해맑게 웃었다.

아빠와의 연락이 끊긴 뒤로도 나는 여전히 그의 페이스북을 염탐하며 새 게시물이 없는지 확인했다. 연락할 기회를 엿보고 있었던 것이다.

4월 중순, 새 게시물은 없었지만 계정을 염탐하다 과거

게시물의 댓글이 늘어 있는 걸 발견했다. 아빠와 그의 동창이 주고받은 댓글이었고, 아빠는 주말에 열리는 축구 행사의 참석 여부를 묻고 있었다. 즉시 인터넷에 행사 이름을 검색해봤다. 개최 일시 및 상세 주소, 사전 신청 방법과 정원까지 확인할 수 있었다. 나는 스마트폰을 들고 키이짱에게 가서 보고했다.

"키이짱, 이번 주 일요일에 아빠를 만날 수 있을 것 같아."

다다미방에서 할망구 옷이 든 장롱을 정리하고 있던 키이짱의 얼굴이 순식간에 흐려졌다. 뺨에 난 동그란 습진은 시간이 지나면서 동심원 모양으로 퍼졌고, 이번에는 그 습진과 꼭 닮은 모양의 부스럼이 턱 밑에까지 생겨 꼴이 말이 아니었다.

"아들이랑 축구 행사에 참가하려나 봐. 키이짱도 같이 가자. 가서 면전에 대고 따지자. 돈 관련해서도 그렇고, 그동안 있었던 일 전부 다. 그 인간은 덜떨어진 놈이라서 말 안 하면 모르거든. 우리가 얼마나 고생하고 있는지 모른다고. 가서 얘기하자. 생활비도 재깍재깍 보내라고 해두자. 할망구는 그 인간네 엄마잖아? 뒷바라지는 그 인간이 해야 맞지."

키이짱은 할망구의 부피 큰 니트 조끼를 최대한 작게 개키며 고개를 숙였다.

"유메가…… 유메가 가주는 거면 충분해."

"왜? 나만 가서는 의미 없지. 키이짱, 그 인간한테 불평 한번 해본 적 없잖아. 돈이고 뭐고 뭐 하나 요구해본 적이 없잖아. 뭐가 필요하고, 얼마가 드는지를 확실히 말하라고. 키이짱이 얼마나 힘든지, 키이짱이 직접 얘기하란 말이야. 키이짱을 우습게 보고 있잖아! 키이짱이 입 다물고 있으면 이런 일은 또 벌어질 거야. 아빠가 어떤 인간인지 알잖아. 그 인간은 선의를 악착같이 이용해먹을 거라고."

키이짱 무릎에 손을 얹고 세차게 흔들며 설득했다. 그런데도 키이짱은 고개를 가로저었다.

"만나고 싶지 않아. 얼굴 보기 싫어."

두 손으로 귀를 감싸 고막을 틀어막고는 어린애 같은 혀짤배기소리로 말했다. 숨이 턱 막혔다. 나는 몸을 앞으로 기울여 키이짱의 두 팔을 잡고, 귀를 틀어막은 두 손을 억지로 떼어내며 다그쳤다.

"대체 왜 그러는데? 왜 자꾸 도망치는데? 다 참으면 결국 자기만 힘들잖아. 말 안 하고 싱글벙글대고만 있는 게 착한 건 아냐. 키이짱, 내가 일 안 했으면 어쩔 뻔했어? 키이짱 수입만으로는 이 집에 못 살아. 저 망할 놈의 할망구도 못 돌본다고. 난 죽어라 일해도 돈은 영원히 못 모아. 마음 같아서는 나가 살고 싶은데, 독립은 꿈에도 못 꿔. 키이짱 때문에 왜 내가 허구한 날 아빠랑 할망구한테 싫은 소리 해야 하는데? 말해도 못 알아 처먹는 멍청한 인간들한테 목이 쉬도록 악써야 하는데? 이제 지쳤어. 이런 삶, 지긋지긋해. 죄다 관둬버리고 싶어. 그냥 죽어버리고 싶어. 힘들어도 너무 힘들어."

단숨에 퍼부어대고는 숨을 내뱉었다. 내가 말하는 동안 키이짱은 눈을 감고 아랫입술을 깨문 채 고개만 살살 젓고 있었다. 자른 지 한참 된, 까맣고 무거운 머리카락이 얼굴 주위를 감싸듯 흔들거렸다. 머리카락 끝은 갈라져 있었다. 아무 말도 듣고 싶지 않다는, 아무것도 받아들이지 않겠다는 그녀 나름의 저항이었다. 할망구처럼 반격을 해 오지는 않을지언정 거절을 하기는 한다. 키이짱에게도 의사는 있는 것이다. 어떤 이유로라도, 설령 먹고살기가 힘들더라도 아빠를 만나지는 않겠다. 그 자세는 고집스러울 지경이었다. 어째서 내 주변에는 말 안 듣는 인간들투성이일까. 나는 언제고 올바른데. 옳은 일을 강력히 호소할 뿐인데. 불합리해서, 수지 타산이 안 맞아서, 화가 나서, 분해서, 그래서 큰소리치는 건데 아무도 귀담아듣지 않는다. 내 목소리는, 내 주장은, 내 의견은 전달되지 않는다. 가닿지 않는다. 감정적으로 소리쳐 부담이 간 성대와 아픈 목을 감싸 쥔 내게 남는 건 걷잡을 수 없는 허무감뿐이다.

뒤에서 할망구 목소리가 들려와 잡고 있던 키이짱의 손목을 놓았다.

“뭐 한다고 그리 꽥꽥거리냐?”

“아무것도 아니에요. 날이 좀 따뜻해져서, 어머님 겨울옷을 정리 중이었어요.”

허둥지둥 얼버무리는 키이짱의 손목은, 내가 힘껏 움켜쥔 탓인지 붉은 손가락 자국이 남아 있었다.

일요일, 나는 혼자 아빠가 있는 곳으로 향했다. 날은 따뜻했지만 바람이 강해서 맞바람을 거스르며 강변 산책로를 걸었다. 세찬 바람에 옷자락이 뒤집혔고, 얼굴에 붙은 머리카락이 입안에 들어갔다. 눈에 모래 먼지가 들어가 부예진 시야를, 조깅 하는 중년 남성과 로드바이크를 탄 청년이 힘차게 가로질러 갔다. 그들은 마치 바람의 저항 따윈 없는 듯 바람을 어깨로 가르며 거침없이 나아갔다. 나 혼자만이, 보이지 않는 무언가에 앞길을 가로막힌 느낌이었다.

운동장에서 아이들 목소리와 공 차는 소리가 들려와 그쪽을 바라보았다. 바람에 부푼 골네트를 향해 축구공을 걷어차는 조그만 몸들이 한순간의 광채처럼 빛나 보였다. 아빠를 찾기 위해 산책로를 벗어났다. 계단까지 가기가 귀찮아 경사진 잔디밭에 발을 디뎠다. 발밑에서 풋내가 피어올랐다.

둑 언저리에서 운동장을 향해 소리치는 중년 남성을 발견했다. 키와 몸집을 보고 단번에 아빠임을 알았다. 곧

바로 말을 걸까 망설이다 뒤쪽에서 슬그머니 거리를 좁혔다. 바람이 무거웠다. 공기를 헤치듯 앞으로 나아갔다. 바로 뒤까지 다가가도 아빠는 나를 알아채지 못했다. 순간, 이 무방비한 등을 떠밀어 아래로 곤두박질시키고픈 충동에 사로잡혔다. 손을 뻗어, 허리 부근을 쿡 찔렀다. 아빠가 꽥하며 앞으로 고꾸라졌다. 뒤돌아 내 얼굴을 확인하고는 겁먹은 듯 반걸음 뒤로 물러났다.

나는 불현듯, 내가 오늘 여기 뭘 하러 온 것인지 알 수 없는 기분이 들었다. 집을 나설 때만 해도 잔뜩 벼르고 있었는데, 아빠의 얼간이 같은 낯짝을 보니 극심한 허탈감이 밀려왔다. 발밑에서부터 무너져 내리듯 제자리에 주저앉았다. 콘크리트 바닥에 엉덩이를 붙이고 물 흐르듯 돈 얘기를 꺼냈다. 돈만 보내주면 된다, 하는 게 아무것도 없으니 그 정도는 해달라고, 그래야만 한다고 감정을 배제한 채 전달했다.

"미안해. 일 때문에 정신이 좀 없었어. 정리되고 나면 연락할 생각이었고."

아빠는 어르고 달래듯 내 어깨를 두드렸다. 미안하다

는 말을 되뇌며 내 얼굴을 들여다봤다. 그 얼굴이 싫었다. 무언갈 탐하고 있는 듯한, 굶주린 눈이 싫었다. 약삭스레 농담이나 실실 해대면서, 인생을 교활하고 영악하게 살아온 억척스러움이 싫었다.

"인생을 왜 그따위로 사냐, 꼴사납게. 추하고 역겨워."

앉은 채로 악담을 퍼부었다.

"너무 그러지 마. ……이제 잘할게. 너한테 지금보다 더 미움받긴 싫거든."

"어떻게 잘하겠단 건데? 구체적으로 말해."

"구체적으로, 말이지——."

"진지하게 묻잖아!"

"나도 진지하게 생각 중이야"라고 대꾸하는 아빠의 시선은 운동장을 향해 있었고, 이내 저를 알아본 아들에게 손을 흔들었다. 아빠의 가죽점퍼 소매를 있는 힘껏 잡아끌며 "아니잖아!" 하고 소리쳤다.

"저길 왜 보는데! 여기 보라고! 사람 말 좀 들어!"

큰 소리를 내니 목이 옥죄는 듯 아팠다. 눈물로 시야가 일그러졌다. 내 시야는 언제나 일그러져 있었다. 아빠가 콘크리트 바닥에 손을 짚고 나를 따라 주저앉았다.

"주고 싶어도 없는 걸 어떡해."

"무슨 소리야? 알아듣게 말해."

내 목소리가 떨렸다. 아빠는 겸연쩍은 듯 자꾸만 자세를 바꿔대더니 이윽고 체념한 듯 입을 뗐다.

"……빚이 있거든. 아내한테는 아직 말 못 했어. ……말을 못 하겠더라고. 어떻게든 해결해볼 테니까, 좀만 더 참아주면 안 될까? 부탁할게."

아빠가 부탁하고 있는 상대는 나인데, 마주 봐야 하는 사람은 나인데, 그의 시선은 어김없이 운동장을 향해 있었다. 말없이 일어서서 아까 온 길을 되돌아갔다. 이걸로 아빠의 생활비는 완전히 끊어진 건데, 어찌 된 영문인지 속이 후련했다. 기대하지 않아도 된다는 사실이 내 마음을 가볍게 해준 것이었다. 하지만 그것도 잠시였다. 돌아가야 할 집에는 현실이 기다리고 있었다.

우리의 일상에는 할망구가 있다. 그래서 아빠를 냉정히 끊어낼 수도, 내팽개칠 수도 없다. 줄곧 그래왔다. 이건 핏줄이나 의리, 책임 때문이 아니다. 상처 입은 피부가 시간 지나 재생되듯, 원상태로 돌아가려는 힘이 작용하고 있을 뿐이다. 가족이라는 것이 본디 원(圓) 모양을 띠고 있다면, 그 원이 원이 아니게 되는 순간을 극도로 두려워하고 있다. 원래 모습 그대로 완벽히 돌아갈 순 없다는 걸 안다. 그러나 돌아오지 않는 부분에 목매지 않고 복구된 부분을 위안 삼아, 이번에는 타원형이 된 가족을 타원형인 채로 유지하려 애쓴다. 허물어질 듯 허물어지지 않는 나날이며, 이것이 우리의 현실이었다.

아빠의 송금이 끊기고 날로 수척해져 가는 키이짱과, 그와는 대조적으로 팔팔하게 떠들어대는 할망구가 보기 싫어 집으로 가기가 점점 꺼려졌다.

나는 고등학교 때 아르바이트했던 카페의 점장에게 평일 저녁, 회사 일이 끝난 뒤 일을 좀 할 수 있겠냐고 물었다. 귀가 시간을 늦출 핑계이기도 했지만 키이짱이 할망구를 돌보느라 근무 일수를 줄이고 아빠의 생활비도 끊긴 지금, 생계를 유지할 수 있는 건 나 하나밖에 없었다.

카페에서 평일 저녁 타임으로 일하는 건 나와 동년배

인 대학생들뿐이었다. 동갑인 사람과 잡담을 나누고 있을 뿐인데 나와 그들의 나이 차가 크게 나는 것처럼 느껴졌다. 실제 나이는 같지만 내가 나이를 훨씬 많이 먹은 느낌이 드는 것이었다. 마음속에 또다시 건잡을 수 없는 초조함이 일었다.

"밖에서 소설 쓰다 왔니?"

내가 늦게 귀가하면 키이짱은 걱정스러운 듯 마중 나와 늘 같은 질문을 했다.

"응."

말과는 달리 내 소설은 별 진전이 없었다. 쓸 수 있는 시간이 생각처럼 나지 않아서이기도 했지만, 컴퓨터 앞에 앉아 글자를 치려 해도 머릿속에 안개가 낀 듯 무엇 하나 떠오르지 않았다. 단 한 글자도 쓰질 못했다. 그럼에도 나는 소설가가 되고 싶었다. 소설을 쓰지 못하더라도, 쓸 의욕을 잃더라도, 소설가가 되고 싶다는 마음만은 변함없이 존재했다.

어느 날, 아르바이트가 끝나고 전화로 와타루를 불러냈다. 목표했던 문학상의 마감일을 맞추지 못해 기분이 울적했기 때문이다. 지금까지도 왠지 우울한 기분이 들어 집에 가기 싫을 때, 느닷없이 기분이 가라앉을 때면 이런 식으로 갑자기 연락해서 함께 시간을 보냈다. 변덕스러운 내게 와타루는 다정했다. 늦은 밤이건 다음 날 일찍 출근하건, 전화를 걸면 몇 분 만에 차를 몰고 달려왔다. 그럴 때 나는 딴 여자에게 눈 돌린 아빠의 심정이 아주 조금은 이해되는 것 같기도 했다. 도피처를 마련해두고픈 그 심정이. 힘겨운 일상을 정면으로 마주해야 하는 만큼 도피처는 없어서는 안 될 존재였다.

"자, 어디로 모실까요?"

오늘도 와타루는 몇 분도 안 되어 나타났다. 갓길에 세운 차에 올라타자, 후줄근한 셔츠의 옷깃을 여미며 집사처럼 익살맞은 투로 물었다. 창문을 여니 차가운 밤바람에 섞여 땀 냄새가 났다. 아르바이트하면서 땀을 흘린 셔츠를 그대로 입고 온 탓이었다.

"가고 싶은 데 없어"라고 창밖을 바라보며 말했다. 눈앞에서 길가 음식점들이 줄줄이 셔터를 내렸다. 마치 이 세상으로부터 내쫓긴 것만 같은 소외감이 느껴졌다.

"그럼 드라이브라도 할까?"

"응, 멀리 가고 싶어."

"좋아, 가보자."

주행하는 차 안에서 나도 모르게 잠이 들었다. 잠들고, 눈뜨고, 또다시 잠들었다. 얼마 후 가물가물한 의식 속에서 차가 같은 장소만 몇 번을 지나고 있다는 사실을 깨달았다.

"잠깐, 여기 방금도 지나갔는데. 우리 집 주변만 빙글빙글 돈 거야?"

"들켰네. 유메도 피곤하잖아? 집에 가서 얼른 자는 게 낫지. 먼 데는 다음에 가자."

열에 받쳐, 핸들을 쥔 와타루의 팔뚝을 난폭하게 때렸다. 나는 절실했다. 먼 곳으로 가고 싶은 마음이 절실했던 것이다. 당연한 상식을 당연하다고 가르치는 듯한 태도에 화가 났다.

"그럼 외박할래? 외박할 거면 호텔 찾아보고."

와타루의 어조에 짜증이 묻어나기 시작했다. 내가 말없이 있자 내비게이션을 조작하더니 안내받은 경로대로 차를 묵묵히 운전했다. 호텔에 도착해 단말기로 방을 선택하고 자동정산기로 결제를 마쳤다. 나는 와타루의 등을 멀거니 바라보고 있었다.

방으로 들어가 섹스를 끝낸 뒤 샤워를 했다. 침대로 돌아와 보니 와타루가 속옷 바람으로 쩔쩔매고 있었다.

"왜 그래?"

말하기 곤란한 듯 머뭇거리는 와타루에게 "뭔데, 얼른 말해"라고 강한 어조로 다그쳤다.

"그게 말이야, 방금 쓴 콘돔이 버릴 때 보니까 찢어져 있더라고. 언제 찢어졌지?"

와타루의 고백에 순간 핏기가 가셨다.

"뭐? 무슨 소리야?"

"할 때 무슨 소리 안 났어? 터지는 소리."

"……나야 모르지."

나는 불안감을 느끼며 대답했다. 듣고 보니 삽입 때, 질 내부에서 뭔가가 살짝 터지는 느낌이 들었던 것 같기도 했다. 하지만 아주 어렴풋한 감각일 뿐이라 확실치는 않았다.

"어쩌면 처음부터 그랬을 가능성도 있는 거네……?"

와타루는 침대 위에 무릎을 꿇고 앉아 머리맡에 남아 있던 콘돔 하나의 안팎을 의아한 얼굴로 확인했고, 그런 그의 말이 내 불안감을 더욱 부추겼다. 하기야 피임 도구가 그렇게 쉽게 찢어질 리는 없었다. 입실할 때 방 안에 정액 냄새가 가득했던 것도 찜찜했고, 러브호텔의 위생 상태도 못 미더웠다. 객실에 비치된 콘돔에 몹쓸 장난질을 쳐놓거나 농간을 부려놨어도 이상할 게 없었다.

"그래서 러브호텔 콘돔은 쓰지 말랬잖아."

불안감이 분노를 불러일으켰다. 전에도 러브호텔을 이용할 거면 밖에서 사 온 콘돔을 쓰도록 부탁했었다. 처음에는 그렇게 해주다가 언제부턴가 밖에서 사 오는 걸 귀찮아하기 시작했다. 나도 나인 게, 그런 와타루를 그냥 눈감아주고 있었다.

"그래도 사정은 밖에다 해서 괜찮을 거 같긴 한데……."

"네가 게으름 피우는 바람에 이 모양 이 꼴이 된 거잖아!"

와타루의 무책임한 말을 거세게 받아치며 옆에 있던 베개를 내던졌다. 그를 책망하지 않으면 불안감에 짓뭉개져 버릴 것만 같았다. 나는 막 씻고 나와 머리도 말리지 않은 채 스마트폰을 손에 쥐고 대처법을 궁리했다. 와타루는 아까부터 같은 자세로, 생각에 잠긴 양 꼼짝 않고 서 있었다.

"불 켜."

어둡지는 않았지만, 밝기 조절을 한 조명의 싸구려 색감이 싫어 와타루에게 지시했다. 그는 한참이 지나서야 느려터진 동작으로 스위치를 눌렀다. 한 번에 켜지지 않고 깜빡거리는 불빛에 의식이 흩어졌다. 스마트폰 화면을 스크롤하며, 나는 벌을 받은 거라고 생각했다. 학생 때, 오늘처럼 집에 있기가 싫어 도망쳐 나왔던 일을 떠올렸다. 아빠가 집을 나가고, 그가 데려갔던 할망구는 되돌아와서 셋이서의 생활이 시작된 직후였다. 대단한 사건은 없었다. 그저 사소한 짜증과 증오가 축적돼 한계에 다다랐고, 그 결과 밤늦도록 귀가하지 않는 나날이 이어졌다. 할망구와 키이짱이 잠든, 고요해진 집으로 돌아갔다. 아침에는 일찍 나와 얼굴을 마주치지 않았다. 얼굴도 마주치지 않고 대화도 주고받지 않는, 아무 일도 없는 날들이 계속됐다. 뒤틀렸던 감정도, 잠재워두기만 하면 차츰 가라앉아 누그러진다. 원래대로 돌아갈 생각이었다. 키이짱에게 미안한 마음도 있었다. 그러나 계기를 잡지 못했다. 키이짱은 밤늦게 귀가하는 나를 봐도 절대 화내지 않았다. 그저 걱정할 뿐이었다. 나는 마음속 어딘가에서 그녀에게 혼쭐이 날 순간을 기다리고 있었던 것 같다. 키이짱이 망가지기를 기다리고 있었다. 감정을 드러내고, 남을 책망하고, 욕을 퍼부어대길 기다리고 있었다. 야단을 맞으면 당장이라도 되돌아갈 생각이었다. 야단맞지 않는다는 사실이 내 죄책감을 더욱 부채질했다. 키이짱과 할망구를 단둘이 남겨두고 나 혼자만 도망치고 있는 기분이었다. 자유는, 도리어 나를 그 집에 옭아매는 존재였다.

찾아보던 중, 피임에 실패한 경우 72시간 이내에 사후 피임약을 복용하면 대처가 가능하다는 사실을 알게 됐다. 서둘러 가까운 병원을 예약했다.

"병원 예약했어. 내일 같이 가줄 거지?"

와타루는 작게 끄덕이곤 제자리에 선 채로 희멀건 배를 긁적였다. 부르튼 듯, 긁은 자리만이 빨갛게 물들었다. 동요한 탓인지 급격히 말이 없어지고 못 미더운 태도를 보이는 와타루에게 나는 신경질이 났다. 모든 것에 화가 났다. 지금 와타루가 발가벗고 있다는 것에도 괜히 화가 났다.

"왜 그러고 서 있어. 얼른 옷 입어."

와타루는 시키는 대로 느릿느릿 옷을 입었다. 냉정해지고 나니 방금 전까지 알몸으로 뒤엉켜 있었다는 게 한심하게 느껴졌다. 와타루가 귓가에 속삭이던 대사를 떠올리자 소름이 끼쳤다. 내 몸과 와타루의 몸에 대한, 나아가 남자와 여자라는 생물 그 자체에 대한 혐오감만이 커져 갔다.

사후 피임약의 가격은 2만 엔 정도였다. 병원 빌딩 내 카페에서 기다리고 있던 와타루를 찾아가 거스름돈을 건

냈다.

"돈 안 부족했어?"

"응."

와타루에게는 미리 3만 엔을 받아 갔다. 처음에 와타루는 만 엔이면 되겠지? 하며 지폐를 건네 왔다. 부족할 수도 있다고 말하니 만 엔 한 장을 더 얹었고, 그래도 말이 없자 지갑을 홱 벌리곤 가진 돈 전부를 내밀었다. 그게 3만 엔이었다. 그에게서 될 대로 되라는 태도가 느껴졌지만, 일단은 약이나 빨리 받고 싶다는 생각에 병원으로 향했다. 할망구는 옛날에 아기를 사산했다고 한다. 만약 문제없이 태어났다면 아빠에게는 여동생이 있었을 것이다.

——난 어릴 때라 아무 기억이 없는데, 그 당시에 엄마가 펑펑 울었다더라고. 아버지가 말해줬어.

병원 대기실에 놓인 깨끗한 의자에 걸터앉아, 아빠가 별생각 없이 들려준 옛이야기 하나를 떠올렸다. 몇 번을 들어도 평소 괄괄하기만 한 할망구와 아이를 잃고 통곡하는 할망구가 머릿속에 영 매치되지 않았다. 지금의 나는 아이를 원하고 있지 않았다. 와타루와 결혼할 생각도 없었다. 나는 오직 소설가가 되고 싶었다. 소설가가 되지 못한 내 인생은 아직 시작조차 되지 않았다. 나는 아직 그 누구도 아니었다.

약 처방은 눈 깜짝할 새에 끝났다. 의사에게 사후 피임약의 사용 목적을 설명하자 딱히 뭘 캐묻지도 않고 담담하게, 기계적으로 진료를 마쳤다. 약을 들고 찾은 카페에서 와타루에게 거스름돈을 건네고, 카운터로 가 카페라테와 샌드위치를 주문했다. 약을 먹기 위해 물도 받아 왔다. 식빵이 두툼한 샌드위치에는 얇게 썬 삶은 달걀과 마요네즈로 버무린 아스파라거스가 들어 있었다. 나는 그걸 씹는 둥 마는 둥 카페라테와 함께 집어삼켰다. 무슨 맛이 나는지도 몰랐다. 마요네즈가 텅 빈 위장을 자극했고 우유가 부담스러웠다. 카페라테의, 커피 향보다 강한 젖내가 코를 찔렀다. 몇 분 기다리다 처방받은 약을 먹었다. 와타루는 두 잔째부터 커피 한 잔을 백 엔에 주문할 수 있는 영수증을 들고 카운터로 가서 새 커피를 받아 돌아왔다. 약을 먹은 나를 보고 "일단은 한시름 놨네"라며 눈치를 살폈다.

"생리하기 전까지는 모르지."

굳은 표정으로 대꾸하고 얼음이 녹은 물을 마셨다. 위가 묵직했다. 카페를 나와 빌딩 안 화장실로 달려갔다. 배탈이 나고야 말았다. 변기에 걸터앉아 몸을 웅크린 채 눈을 감았다. 손을 뒤로 뻗어 레버를 당겼다. 변기 물을 내리며, 먹은 약이 배설물과 함께 떠내려가지는 않을까 불안했다.

약을 복용한 뒤로는 한동안 심란한 나날을 보냈다. 무슨 일을 하든 불안감에 휩싸였고, 불안감은 짜증을 불러일으켰다. 할망구의 사소한 언행이 평소보다 더 짜증스러웠다. 상사가 책상에서 손톱을 깎는 소리, 찻집에서 큰 소리로 대화하는 중년 여성들의 웃음소리에 화가 났다. 자전거를 타고 장을 보러 가다가 눈앞에 불쑥 뛰어든 어린애 때문에도 부아가 치밀었다. 나는 날이 갈수록 내가 속 좁은 인간이 되어가고 있는 기분이었다. 그러나 언짢은 일만 있는 건 아니었다. 계약 갱신월을 앞두고 회사에서 정규직 전환을 결정해준 것이다. 마침 월급날이었기에 나는 백화점 지하에서 셋이 먹을 케이크를 사고, 은행에서 키이짱에게 줄 생활비를 인출한 뒤 신바람이 나서 집으로 돌아갔다.

집에 와보니 할망구는 한발 먼저 식사를 끝내고 거실 소파에 잠들어 있었다. 키이짱의 모습이 보이지 않았다. 식탁 위에는 두 사람 몫의 저녁이 랩에 싸인 채로 늘어놓여 있었다. 가방을 거실에 내려놓은 뒤, 사 온 케이크를 냉장고에 넣고 키이짱을 찾아 방으로 향했다. 키이짱은 자기 방 책상에 앉아 백내장 수술 서류를 정리하고 있었다.

"바빠?"

가까이 다가가 말을 걸자 키이짱은 내 쪽을 보지 않고 답했다.

"응, 조금. 저녁 먼저 먹어도 돼."

"같이 먹을래. 오늘 케이크 사 왔어, 이따 다 같이 먹자. 그럼 일단 씻을게."

목욕 후 옷을 갈아입고 세면대 앞에서 머리를 말리려는데 거실에서 무슨 소리가 났다. 키이짱이 방에서 나온 걸까. 궁금한 마음에 젖은 머리를 수건으로 말리며 욕실을 나왔다. 할망구가 일어나 있었다. 이쪽을 등지고 앉아, 웬 혼잣말을 웅얼거리며 손을 열심히 움직이고 있었다. 신경이 쓰여 뒤로 슬그머니 다가가 들여다봤다. 할망구 앞에는 내 가방이 있었고, 무릎 위에는 내 지갑이 올라가 있었다. 할망구는 지갑 안에서 꺼낸 지폐 몇 장을 침 묻힌 손끝으로 세더니 제 바지 주머니에 잽싸게 쑤셔 넣었다.

"뭐 해? 할머니, 뭐 하는 거냐고!"

할망구가 나를 놀란 기색으로 돌아봤다. 나는 할망구의 주머니에 손을 찔러 지폐를 끄집어냈다. 할망구가 내 무릎을 붙들고 늘어졌다.

"내 돈이다! 이리 내라."

"웃기지 마. 하다 하다 돈까지 훔쳐? 이건 생활비야! 이게 없으면 우린 쫄쫄 굶어야 한다고! 알기나 해?"

젖은 머리칼을 헝클어뜨리며 나는 악을 썼다. 소란을 들은 키이짱이 방에서 뛰쳐나와 할망구에게 연유를 물었다. 할망구는 부루퉁한 얼굴을 하고 "코우키 주려고"라며 투덜거렸다.

"요전번에 유이치가 그랬다, 코우키가 게임을 좋아한

다고. 나도 하나 사주고 싶건만 돈이 없는 걸 어쩌겠냐. 한데, 여기 유메 지갑이 떨어져 있길래 잠깐만 빌릴 심산이었다."

할망구는 주눅 든 기색이 눈곱만치도 없었다.

"그렇게 예뻐 죽겠는 손자는 당신 얼굴도 기억 못 해! 할머니는 배신당하고 버림받았다고! 손자한테도, 아들한테도!"

분노에 차 주름진 손을 때리자 "에구구!" 하고 고함을 질렀다. 에구구, 아파라, 사람 잡겠네. 따발총처럼 쏘아댔다.

"나는 이런 손녀랑은 더는 못 살겠다. 욕지거리만 해대고, 아주 밉살스러워서 못 살겠어!"

할망구가 반격했고, 키이짱이 중간에 끼어들어 말렸다. 어머님도 충동적으로 그러신 걸 거야. 다 같이 케이크 먹자, 케이크. 유메가 사 온 케이크. 자, 화해하자.

나는 화가 가라앉지 않았다. 키이짱이 냉장고에서 꺼내 온 케이크를 바닥에 상자째 내동댕이쳤다. 케이크 한 조각이 상자에서 튀어나와 바닥에 나뒹굴었다.

"음식 귀한 줄 모르고!"

할망구가 헐레벌떡 기어가 바닥에 묻은 크림을 손으로 집어 핥았다.

"어머님! 더러워요, 그러지 마세요!"

말리는 키이짱에게 할망구는 새치름한 얼굴로 말했다.

"우리 집 바닥은 안 더럽다. 네가 맨날 청소해주잖냐."

지갑과 가방을 들고 방으로 도망쳐 온 나는 이불 위에 엎드렸다. 거실에서는 둘이 옥신각신하는 소리가 들려왔다. 젖은 머리카락이 차가워 몸이 추웠다. 나는 귀를 막았다.

이튿날, 일어나보니 부엌에서 키이짱이 아침을 차리고 있었다. 내 얼굴을 보고 "좋은 아침" 하며 웃고는 "어머님이 유메한테 할 말이 있으시대"라고 말했다. 화장실에서 나온 할망구는 키이짱의 부추김에 모깃소리만 한 목소리로 미안하다고 사과해 왔다. 원래부터 굽어 있는 목 때문에 고개를 숙이고 있는 듯 보였다.

"사과의 뜻으로 뭐라도 해주고 싶다마는, 내가 일전도

가진 게 없으니."

"아무것도 하지 마. 됐으니까 아무것도 하지 마. 내 성질 건드리지 마."

차갑게 내뱉고 자리에 앉았다. 피곤해서 언성을 높일 엄두도 나지 않았다. 할망구는 사과한 것에 만족해하며 아침밥을 먹고, 여느 때와 마찬가지로 잘도 지껄여댔다.

사오리, 내가 어저께 가져온 서예 종이 좀 테레비 뒷벽에 붙여주거라. 아주 멋들어지게 썼걸랑. 요다음 히구치 씨 오면 자랑하련다——.

할망구는 미뤄왔던 백내장 수술 날을 맞았다. 먼저 오른쪽 눈을 수술하고 다다음 주에 왼쪽 눈을 수술할 예정이었다. 병원에서 돌아온 키이짱과 할망구를 나는 현관 앞으로 마중 나갔다. 할망구의 시야는 수술 안 한 반대쪽 눈까지 뒤덮으리만큼 넓은 안대에 가로막혀 있었다.

"사오리, 거추장스러워 죽겠다. 요것 좀 떼버려도 되냐?"

“세균 들어가면 큰일 나서 절대 떼시면 안 돼요.”

현관에서 신발을 벗으며 할망구가 기운차게 말했고, 키이짱도 그에 대답하며 제 신발을 벗었다. 시야가 가로막혀 걸음걸이가 불안정한 할망구를, 키이짱과 내가 양겨드랑이를 부축하다시피 안으로 들였다. 할망구는 내가 내준 팔뚝을 아프리만치 세게 움켜잡았다. 그 쇠약한 육체로는 상상하기 어려울 정도의 힘이었다. 뼈만 앙상한 손가락이 덩굴처럼 바싹 감겨들었다. 천천히, 앞으로 나아갔다.

안대로 한쪽 눈을 가리고도 할망구는 여전히 팔팔한데다 수다스러웠다. 잘 먹고, 잘 떠들고, 내 얼굴을 보면 악담을 해댔다. 내가 받아치면 그의 몇 배나 되는 폭언이 되돌아왔다. 키이짱이 끼어들어 상냥히 타이르는 게 답답해 입씨름은 가속됐다. 짜증을 안은 채로 바깥에 도움을 청하듯 와타루에게 연락했다. 생리가 예정일보다 열흘 정도 늦었다고 말해도 미적지근한 반응만 돌아왔고, 남의 일인 양 무성의하게 구는 태도에 짜증은 눈덩이처럼 불어났다. 짜증 나는 일투성이였다. 열반을 거리는 곳곳에 널려 있었다. 매일매일 욕이 안 나오는 날이 없었다.

키이짱 뺨에 있던 동그란 부스럼은 조금씩 나아졌고, 일주일쯤 지나자 서서히 작아지더니 이내 삶은 달걀 속 껍질처럼 겉 피부가 홀라당 벗겨졌다.

"유메, 미안해. 돈도 그렇고, 할머니 일로 너무 벅차서 유메한테도 못 할 짓을 했어."

상황이 일단락되자, 키이짱은 새삼스레 지금까지의 생활을 사과했다.

"그래도, 조금만 더 같이 힘내줄 수 있을까?"

'조금만 더'라는 게 언제까지인지 나는 알 수 없었다. 알 수 없었지만 고개를 끄덕였다. 그렇게 며칠 후, 이번에는 키이짱이 과로로 쓰러졌다. 목욕을 하고 나온 직후였다. 얼빠진 눈을 한 키이짱에게 증상을 물으니 "회전목마를 탄 것처럼 세상이 빙글빙글 돌아"라고 중얼거렸다. 이내 구역질이 난다며 몇 차례나 구토했다. 나는 끊임없이 토하는 키이짱의 등을 두드려줬다.

다음 날도 키이짱은 속이 거북하다며 이불 밖으로 나

오지 않았다. 이불 속에서 할망구의 상태를 염려하는 키이짱을 대신해 내가 할망구를 돌봐야만 했다.

"사오리한테 얘기하려다 잊어먹었는데."

아침으로 내준 바나나를 움켜쥔 채 할망구가 퍼뜩 생각난 듯 운을 뗐다.

"내가 이를 뽑았다."

난데없는 고백에 눈살을 찌푸리자 할망구가 입을 벌려 보여줬다. 아래쪽 앞니가 군데군데 빠져 있고, 아침을 먹으려고 화장실에서 장착한 틀니의 철사 고리가 드러나 있었다. 깜짝 놀라 "언제 뽑았는데? 왜?" 하고 따져 물었다.

"어제 뽑았지. 흔들흔들하길래."

"멋대로 그러면 어떡해. 균 들어가면 어쩌려고."

할망구는 웃고 있었다. 뽑은 이는 티슈에 감싸 세면대 구석에 놔뒀다고 태평하게 말했다. 할망구를 거실에 두고 곧장 찾으러 갔지만 세면대 어디에도 보이지 않았다.

"없잖아. 저기 둔 거 맞아?"

되돌아와 의자에 앉은 할망구의 등에 대고 물었다. 대답이 없었다. 머리를 좀 숙인 채 몸을 뒤트는 모습에 이변을 감지하고, 앞쪽으로 돌아가 얼굴을 들여다봤다.

"할머니? 왜 그래!"

아까 그 철사의 끝이 혀 뒤쪽을 파고들어 틀니가 입 밖으로 반쯤 튀어나와 있었다. 바나나를 먹다가 걸린 모양이었다. 할망구는 그걸 빼내겠다고 틀니를 죽기 살기로 잡아당겼다. 무턱대고 잡아당긴 나머지 가늘고 예리한 철사가 혀를 더 깊이 파고들었다. 패닉에 빠진 나는 할망구의 손을 틀니에서 떼어내고 내 손을 써서 빼내려 했다. 그러나 생각보다 철사의 굴곡이 심했고, 끝부분이 혀에 파묻혀 보이지 않았다. 이런 상황에서도 할망구는 반쯤 베어 문 바나나를 손에서 놓지 않았다. 철사 때문에 몸부림치면서도 바나나를 입으로 가져가려 했다. 입에서 질질 흐르는 침이 베인 혀에서 나온 피와 뒤섞였다. 나는 괴성을 내지르며 제발 빠지길 기도하는 심정으로 틀니를 움직였다. 고군분투 끝에 가까스로 철사가 빠졌다. 침 범벅이 된 두 손으로 움켜쥔 틀니와 할망구에게서 뺏은 먹다 만 바나나를 싱크대에 놔두고, 혀 뒤에 티슈를 갖다 대 지혈했다. 피는 생각만큼 많이 나고 있지 않았다. 구급차를 부르지 망설이며 "괜찮아? 아파?" 하고 할망구에게 물었다. 할망구는 고개를 가로저으며 "끔쩍 놀랐네"라는 소리만 되뇔 뿐이었다. 불안감이 가시지 않은 채 할망구를 소파에 누여 안정을 취하게 한 뒤 가까운 치과에 전화를 걸었다. 전화로 사정을 설명하자 급히 오후 진료를 예약해줬다. 시간을 메모하며 나는 조금씩 평정을 되찾아갔다. 치과 예약 시간까지 평상시 복용하는 약을 먹이고, 안약을 넣어주고, 옷을 갈아입혀야 했다. 해야 할 일들을 생각하며 거실로 돌아가니, 방금 막 소파에 누였던 할망구가 몸을 일으킨 채 초조한 기색으로 주위를 둘러보고 있었다.

"할머니, 뭐 해? 누워 있으랬잖아."

"내 바나나 어디 놔뒀냐."

"뭐?"

"내가 먹던 바나나."

"갖다 치워버렸지."

"나 먹게 이리 내라! 아까운 줄을 모르고. 이가 없어도 잘만 먹거늘."

몇 분 전까지 그토록 몸부림치며 괴로워하던 게 거짓말인 양 할망구는 눈을 부라리며 소리쳤다.

"헛소리 마! 걸신들렸어?"

바나나에 대한 미련을 버리지 못하는 할망구에게 컵에 따른 물과 약을 건네며 먹으라고 다그쳤다. 할망구는 구시렁구시렁 불평하면서도 약을 먹었다. 약을 먹이고 나서는 오른쪽 눈에 안약을 넣기 위해 소파에 똑바로 누였다. 안약은 세 종류를 처방받았고, 5분 간격으로 하나씩 점안해야 했다.

"눈 떠."

천장을 보고 누운 할망구에게 그렇게 지시해도 말을 듣지 않았다. 눈을 뜨는 대신 주름이 자글자글한 입을 끝도 없이 움직였다. 수술 후 일주일은 씻지 못한 할망구의 얼굴은 눈곱이며 피지 등의 노폐물로 더러워져 있었다. 똑바로 누이니 나이를 먹어 크게 벌어진 콧구멍 안에 가득 찬 코딱지가 보였다. 실처럼 늘어진 끈적한 것도 있는가 하면, 누리끼리하게 마른 것이 입구 언저리에 뭉쳐 있기도 했다. 수술한 지 얼마 안 된 눈가 피부를 건드리기

뭣해 몇 번이고 말했다. 눈 떠, 눈 떠, 눈 떠——. 할망구는 듣지 않았다. 목소리가 갈라졌고, 분노가 치밀었다.

"눈 뜨라니까!"

호통치자 할망구가 토라진 듯 실눈을 떴다. 쪼끄맣고도 쪼끄만 눈이었다. 우묵한 눈꺼풀을 엄지손가락으로 잡아끌어, 그 좁디좁은 틈을 겨냥해 안약을 떨궜다. 약 스며들 때까지 감고 있어, 라고 말했지만 역시나 듣지 않았다. 쓸데없이 눈을 자꾸만 껌뻑이고, 틀니 빠진 입을 쩍쩍 벌리고, 주름진 목을 움직이며 알아듣기 힘든 목소리로 지껄여댔다. 감으라고! 고함치려 숨을 들이쉰 순간, 느닷없이 힘이 빠지더니 눈물이 쏟아졌다. 내가 쓰는 소설은 반드시 끝을 맞이하고 좋게든 나쁘게든 결말이 나지만, 현실은 그렇지 않다. 끝없이 이어지는 것이다. 살갑게 대해주자고 평온한 마음으로 다짐한 직후, 죽여버리고 싶을 만큼의 증오가 덮쳐 온다. 셋이 함께 힘내보기로 결심을 굳힌 다음 날, 셋이 같이 죽어버리고 싶다는 생각을 진심으로 한다.

"어째서."

말하며, 노란 눈곱이 더덕더덕한 할망구의 얼굴을 클렌징 시트로 닦았다. 할망구는 얼굴을 찡그리며 시트가 차갑다고 투덜댔다. 그러거나 말거나 뭉친 티슈를 콧구멍에 쑤셔 박아 코딱지를 떼주었다.

5분이 지나고, 할망구를 윽박지르며 다음 안약을 넣었다.

초판 1쇄 발행 2023년 10월 20일

지은이 야마시타 히로카
옮긴이 박우주
펴낸이 서재필
책임편집 김현서

펴낸곳 마인드빌딩
출판등록 2018년 1월 11일 제395-2018-000009호
전화 02)3153-1330
이메일 mindbuilders@naver.com

달로와는 마인드빌딩의 문학 브랜드입니다.

ISBN 979-11-92886-28-2 (03830)

• 책값은 뒤표지에 있습니다.
• 잘못된 책은 구입하신 곳에서 바꿔드립니다.